BBULMEDIA

http://www.bbulmedia.com

# 무림영주

武林領主

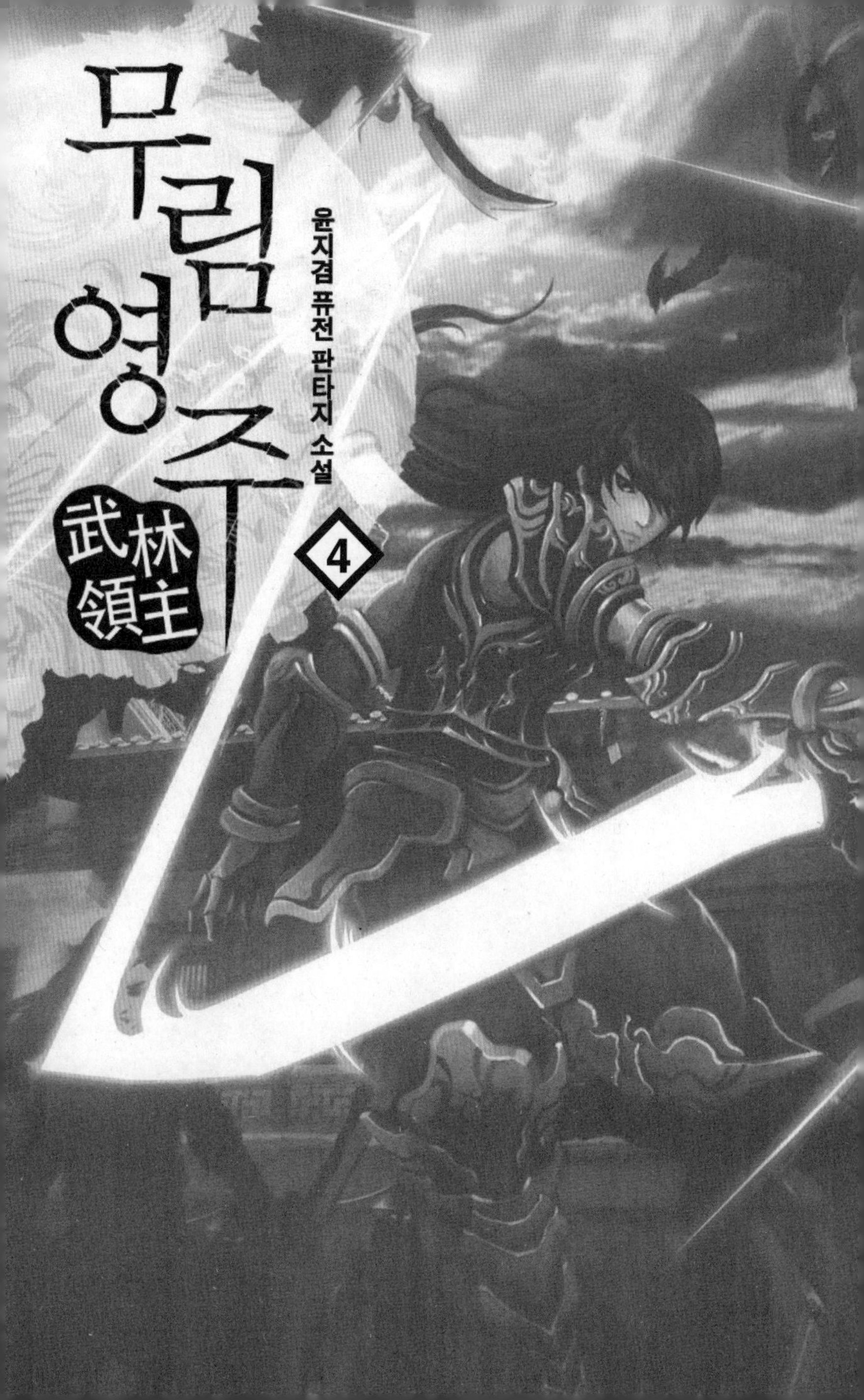
무림영주
武林領主
윤지겸 퓨전 판타지 소설
4

# 목 차

# 1장
## 금지단배금서(金紙丹背金書)의 배첩

"그래, 준비는 잘하고 있느냐?"

담고성의 물음에 담기명이 시원한 미소를 지으며 고개를 끄덕였다.

"이렇게 일이 편하게 풀려도 되는지 걱정될 지경입니다. 처주무련과 절왜관, 그리고 형님에 대한 소문 덕분에 아무런 문제도 없습니다."

자신감 가득 찬 담기명의 모습에 담고성이 피식 웃으며 말했다.

"네가 하는 게 아니라, 이 학사와 유 탁사(度士)가 하는 거겠지."

"아, 아버지!"

놀리듯 건네는 말에 담기명이 도끼눈을 뜨고는 빽 소리를 질렀다. 하지만 담고성은 작은아들을 놀리는 재미를 포기할 수 없다는 듯, 예의 묘한 미소를 지으며 말을 이었다.

"듣자 하니 영녕계의 유제광 장계가 찾아왔을 때도 어떻게 해야 될지 몰라서 도망치려고 했다면서?"

"누, 누가 그래요? 이 학사가 그래요? 아니면 유 탁사?"

'이 학사'는 당연히 이세신이었고, '유 탁사'는 유춘을 가리키는 말이었다.

본래 책사라는 자리가 없던 담씨세가였다. 그런 상황에서 새로 두 명이나 되는 책사를 들이다 보니, 따로 자리를 만들 필요가 있었던 것이다. 그래서 이세신은 원래부터 공부를 하던 사람이라 학사라 했고, 유춘은 장사를 통해 세상 물정에 밝은 것을 두고 살피고 헤아린다는 의미로 '탁사'라 칭한 것이었다.

"치사하게 고자질이나 하다니……."

잔뜩 삐친 표정을 짓는 아들의 모습에, 담고성이 더 놀리는 건 안 되겠다고 생각했는지 슬쩍 말꼬리를 틀었다.

"그래, 표사들이야 그렇다치고 표두들은 어찌 되었느냐?"

그제야 담기명도 슬쩍 표정을 풀었다.

"그것도 사람이 넘쳐 나는 상황이죠. 대부분 절정이 대부분이고 더러는 초절 수준의 무인들도 있어요."

"잘됐구나."

"그런데……."

"문제라도 있느냐?"

"경험이 있는 이가 거의 없어요."

갑자기 목소리가 작아지는 아들의 모습에 담고성이 갑자기 장난기가 솟아 또다시 툭 말을 던졌다.

"아까는 이렇게 잘 풀려도 되나 싶을 정도라 하지 않았더냐?"

"그, 그거 외에는 다 잘된다고요!"

"허허, 알았다."

처주무련이 결성된 후, 담씨세가는 계획했던 일들을 차근차근 진행해 왔다. 그중 가장 큰일이 절왜관의 건설이었는데, 빠르게 자리를 잡아가고 있는 추세였다.

그리고 은광의 경우에는 용천현 지현인 허중선이 그 소심한 성격에 걸맞게 일일이 간섭을 한 덕분에 오히려 일이 잘 진행되고 있었다. 은광 채굴에 동원된 인부들은 용천현을 중심으로 한 주변 각 지역의 죄수들이었고, 그들에게 문제가 생기면 용천현 지현인 자신에게도 피해가 생기기 때문이었다.

그리고 절왜관에서는 지난번에 흘린 가짜 정보를 통해

알아낸 내통자. 꽤 긴 시간 왜구들과 접선해 왔을 것으로 추측되는 용산방에 대해 조사를 하고 있었다. 그 일을 통해 확실한 증거를 잡고, 용산방을 징치할 수 있게 되면 처주무련의 이름은 단번에 높은 곳으로 부상하게 될 것이 분명했다.

그리고 그 일과는 별개로 준비하고 있는 일이 바로 표국이었다. 이는 비단, 담씨세가만의 일이 아니라, 처주무련에 속한 네 방파 모두가 열을 올리고 있는 일이었다.

절왜관의 건설이 완전히 마무리되고 나면, 절왜관에서는 세금을 걷을 예정이었다. 그리될 경우, 처주무련에 속한 방파의 표국이 여러모로 이득을 얻게 될 것은 자명한 일. 그러니 절왜관에서 세금을 걷기 전에 그 일을 마무리하려는 것이었다.

원래 표국을 운영하던 방파는 그 규모를 확장하는 중이었고, 담씨세가나 진가장처럼 표국을 운영하지 않던 이들은 새롭게 표국을 꾸리는 중이었다.

그리고 담씨세가는 영녕계와의 관계까지 생각하여, 처주부 부도에 있는 평원장을 중심으로 표국을 꾸리고 있었다.

"다른 건 몰라도, 표두들은 꼭 경험이 많은 사람으로 구하도록 해야 한다. 그리고 위계 역시 네가 확실하게 세워줘야 한다는 것을 잊지 말아라."

"걱정 마세요. 아, 한 가지 더 말씀 드릴 게……."

목소리가 점점 작아지는 담기명의 모습에 담고성이 잠시 뜸을 들인 후 물었다.

"왜 그러느냐? 또 문제가 있느냐?"

"수련표국의 견제가 만만치가 않아요."

"흠, 그들로서는 당연한 일이지."

수련표국은, 꽤 오래전부터 처주부 부도에 자리잡고 있던 표국이었다. 그동안 부도에서 나가는 물류의 대부분을 수련표국에서 도맡은 상황. 그런데 갑자기 위세가 올라간 담씨세가가 부도에 표국을 열려고 하니 그들로서는 날벼락이나 다름없는 상황인 것이다.

"사실은 이 이야기를 드리려고 온 거였어요."

"말해 보아라."

"이 학사와 유 탁사의 생각으로는, 차라리 수련표국을 담씨세가에 편입시키는 것이 어떻겠느냐고 하더군요."

"수련표국을? 그게 가능하겠느냐?"

"두 책사가 생각한 방법은 두 가지입니다. 첫 번째는 절왜관에서 세금을 걷은 이후에 수련표국을 편입시키는 겁니다. 세금을 걷기 시작하면, 영녕계와의 관계도 있고 하니 수련표국의 일감이 현저히 줄어들 것은 불을 보듯 뻔한 일입니다. 그렇게 수련표국을 고사 상태까지 몰아붙인 후에 우리 쪽에서 손을 내미는 것입니다."

담고성이 살짝 눈살을 찌푸렸다. 담고성의 성격이나 세가를 꾸리는 방식과는 격차가 아주 큰 탓이었다.

"상당히 공격적인 방법이로구나."

"예, 게다가 우리도 어쨌든 제대로 된 표국을 꾸려야 되기 때문에, 비용이나 인력 등등 여러 부분에서 감수할 것이 많습니다."

"두 번째 방법은 무엇이냐?"

"사전에 수련표국의 국주를 만나 권유하는 방법입니다. 절왜관에서 세금을 걷을 것이라는 점, 영녕계와 처주무련의 관계 등에 대해서 말이죠. 그리고 규모 확장과 인력의 보충에 드는 비용은 우리가 부담하기로 하는 대신, 수련표국의 국주를 두 명으로 두는 쪽으로 권하는 겁니다."

"즉, 규모를 키우고 지분을 나누자는 말이구나. 하지만 결국 수련표국 국주의 입장에서는 자신의 표국을 우리에게 빼앗기는 셈이다."

공동의 국주라는 말은, 결국 자신의 것이 아니게 된다는 말이었다. 수련표국의 국주가 그것을 좋게 받아들일 리가 없었다.

"모든 것을 잃는 것보다는 나을 수도 있지요. 어차피 우리가 표국을 여는 순간, 그들과의 마찰은 불가피한 일입니다. 그러니 마찰이 생기기 전에 서로가 이득을 취할 수 있는 방향으로 가 보자는 거지요. 물론, 우리가 무슨

이야기를 하든 결국은 수련표국의 국주가 선택할 일이
죠."

"그래서 너는 미리 권해 보고 싶은 것이냐?"

"예, 그래서 장원으로 내려온 겁니다. 일단 세금에 관
한 이야기는 처주무련 내에서도 몇 사람만 알고 있는 이
야기니, 외부의 사람에게 말을 하는 것은 조심해야 하니
까요."

그때였다.

"가주님!"

갑자기 밖에서 총관 고잔형의 다급한 외침이 들렸다.

그 목소리가 심상치 않다고 느낀 담고성이 급히 방문을
열며 물었다.

"무슨 일이냐?"

"소, 손님이 찾아왔습니다."

"손님?"

담고성이 고개를 갸웃거리며 고잔형의 말을 되뇌었다.
손님이 찾아왔는데 왜 이리 다급한 표정이란 말인가.

"누가 왔기에 그리 호들갑인가?"

"와, 왕부의위사에서!"

순간 담고성의 황급히 방을 나서며 외쳤다.

"어서 가세!"

"련주, 무슨 일로 이리 급하게 부르셨습니까?"

진가장 장주 진충회가 불안한 얼굴로 물었다. 뒤이어 상운방 방주 석대운의 심드렁한 목소리가 뒤를 이었다.

"각자 바쁜 시간이 아닙니까? 어서 말씀하시지요."

심드렁한 목소리와는 달리 얼굴에는 살짝 그늘이 드리워진 것이 불안하기는 그도 마찬가지인 듯했다.

진충회와 석대운만이 아니다. 명도문의 도제경은 물론, 절왜관에 상주하고 있던 진수명, 곽구재, 이석약, 마지막으로 담기령까지 개운치 않은 표정으로 담고성을 보고 있었다.

이틀 전, 갑자기 절왜관으로 모이라는 명령이 내려온 탓이었다.

절왜관이 조금씩 제 역할을 하기 시작하면서부터, 처주 무련에 속해 있던 네 개 세력들은 하나같이 바쁜 나날을 보내고 있었다.

그중에서도 가장 많은 공을 들이고 있는 일은 바로 표국이었다.

절왜관이 역할을 하기 시작했다는 말은, 왜구들의 침탈이 줄어들었다는 뜻이었다. 당연히 사람들이 느끼는 안정감과 앞으로 왜구들이 더 줄어들 거라는 기대가 올라갔고, 그로 인해 처주부 내의 상계의 움직임이 활발해지고 있는 상황이었다.

그러니 처주무련에서도 표국을 준비하는 것은 당연한 일. 원래 표국을 운영하던 곳도 있었지만, 그 규모를 이전의 두 배 이상으로 확장하고 있었기에 이래저래 준비가 많이 필요했던 것이다.

그런 때에 담고성이 절왜관으로 모이라는 연락을 해 왔으니 다들 의혹을 품을 수밖에 없었던 것이다. 서로 바쁜 것을 뻔히 알면서도 이렇게 불렀다는 것은, 그만큼 급한 일이 있다는 방증인 탓이다.

"오늘 여러분을 이곳에 모이라고 한 것은……."

담고성이 잠시 말을 끊고 모여 있는 이들의 면면을 살핀 후, 품에서 무언가를 꺼내 탁자 위에 놓았다. 동시에 요란한 외침이 터져 나왔다.

"서, 설마!"

"금지단배금서(金紙丹背金書)!"

"하, 항주에서 온 배첩입니까?"

한 장의 배첩이었다. 하지만 흔히 쓰는 붉은 종이의 배첩이 아니다.

황금색의 종이.

거기에 다시 붉은 테두리가 씌워져 있는 금색의 글자.

명(明)의 하늘 아래 이러한 형태의 배첩을 사용할 수 있는 이들은 오직 한 부류밖에 없었다. 바로, 황제로부터 책봉을 받은 친왕과 그 친왕의 왕세자들이었다.

### 항주오부세광(杭州吳府世鑛)

금지에 선명하게 박혀 있는 여섯 글자.

"세, 세자 저하의 배첩이군요!"

진충회가 배첩에 쓰인 것을 알아보고 말했다.

'항주'는 절강성의 성도인 항주부를, '오부(吳府)'는 그곳에 자리한 오왕부(吳王府)를 뜻했다. 그리고 '세광' 은 당대의 오왕인 오련왕(吳聯王) 주보겸의 장자이자, 오 왕부의 왕세자인 주세광의 이름이었던 것이다.

"그렇소이다."

담고성이 천천히 고개를 끄덕인 후, 가볍게 한 손을 들 어 좌중의 흥분을 진정시킨 다음 말을 이었다.

"그리고 이 배첩을 가지고 온 이는, 오왕부의 의위정(儀 衛正)이었소이다."

"헉! 의위정이 직접 담씨세가를 방문하였단 말입니까?"

의위정이라면, 친왕과 그 직계들의 의전을 담당하는 측 근들이었다. 그리고 현 오왕부의 의위정에게는 또 다른 신분이 있었다.

"현 오왕부의 의위정이라면…… 세, 세자빈 마마의 오 라비가 아닙니까!"

다시 말해 세자의 손위 처남이라는 말이다.

놀란 듯 묻는 말에, 담고성이 고개를 끄덕였다.

"그렇소. 또한, 항주부 부도의 오랜 무가(武家)인 구씨 가문의 장자이기도 하오. 어쨌든 전해 들은 말은, 무련에 속한 각 방파의 주인들과 절왜관 관주는 닷새 후 왕부로 오라는 명을 받았소이다. 이틀이 지났으니, 사흘 후에는 왕부로 가야 하오."

"왕부로 직접 말입니까!"

진충회가 떨리는 목소리로 물었다. 거의 희열에 가까운 진충회의 목소리에, 담고성이 차분한 목소리로 물었다.

"진 장주는 이 일을 좋게 보시는 모양이오?"

"이를 말이겠습니까? 평생 가도 한 번 있을까 말까 한 영광스러운 일이 아닙니까?"

명의 개국 초기, 태조 홍무제는 각 지방에 왕부를 두고 친왕을 책봉해 그들로 하여금 변방을 지키도록 많은 힘을 실어 주었다. 하지만 그것이 건문제와 영락제를 거치는 사이 병권은 물론 많은 권한을 빼앗기고, 황가에서 내려 주는 녹봉만으로 왕부를 유지하는 정도에 머물게 되었다.

그랬던 친왕들의 제약을 풀어준 이가 바로 성화제였다. 그로 인해 각 왕부는 오랜 시간 만들어 놓았던 인맥을 바탕으로 부흥할 수 있었고, 지금에 이르러서는 자리 잡고 있는 지역에 커다란 영향을 끼치고 있는 상황이었다.

그러니 진충회가 생각하기에는 그야말로 영광스러운 일

이 아닐 수 없었던 것이다.

그때 입을 헤벌쭉 벌리고 웃고 있는 진충회를 향해, 담기령이 나지막한 목소리로 말했다.

"가문의 영광은 좋지만, 마냥 그렇게 좋아하실 일은 아닌 듯합니다만?"

"무슨 말씀이신가, 담 관주?"

진충회의 얼굴에 드물게 불쾌한 감정이 스치고 지나갔다. 평소였다면, 련주의 아들인 담기령에게 절대 그런 반응을 보이지 않았겠지만 이번에는 좀 경우가 다른 탓이었다.

"시기가 너무 딱 들어맞지 않습니까?"

"시기?"

진충회의 반문에 대답한 사람은 이석약이었다.

"우리가 지금 진행하고 있는 일과 관련되어 있을 수도 있다는 말인 것 같은데요?"

하지만 진충회는 여전히 이해하지 못한 표정이었다.

"그게 무슨 말인가, 이 소저?"

진행하고 있는 일이 한두 가지가 아닌 탓이다. 절왜관에서 진행하는 일만 해도 두어 가지는 되고, 그 외에 처주 무련의 일들 또한 여러 가지가 있었다.

다시 담기령이 대답을 했다.

"우리가 가장 최근에 시작한 일 말입니다."

그리고는 이석약과 잠시 시선을 주고받으며 고개를 끄덕였다.

그 모습에 답답함을 느낀 진충회가 담기령을 재촉했다.

"좀 자세하게 말해 보시게."

"용산방 말입니다."

"아!"

"우리가 용산방에 대한 감시를 강화하자마자 오왕부에서 배첩이 날아왔으니 연관이 없다고는 할 수 없지 않겠습니까?"

지난번 흘린 거짓 정보를 통해, 처주무련에서는 선평현의 용산방이 왜구들에게 정보를 흘리고 있다는 사실을 확인했다. 다만, 아직까지 확실한 증거를 잡지 못해 움직이지 못하고 있는 것뿐이었다.

그렇기에 최근 용산방에 대한 감시를 강화한 상태였다. 그런 때에 오왕부에서 배첩이 날아온 것이었다.

진충회가 그제야 심각한 얼굴로 고민에 잠겼다. 용산방과 오왕부가 모종의 관계가 있을 수도 있다는 것을 뒤늦게 깨달은 것이었다.

잠시 정적이 흐른 후, 석대운이 담고성을 향해 물었다.

"어찌하실 생각입니까?"

"일단 가능성은 세 가지요. 첫 번째는 오왕부가 용산방과 모종의 연을 맺고 있을 경우, 두 번째는 오왕부 역시 용산방을 주시하고 있을 경우. 마지막은 그저 우연히 시기가 겹쳐졌을 경우요."

"첫 번째 경우만 아니면 괜찮겠지만, 만약의 경우를 생각하지 않을 수 없겠군요. 하지만 왕부의 부름을 거역할 수도 없으니……."

공식적으로 내려진 명령이 아니니 꼭 가야 되는 것은 아니다. 하지만 가지 않을 경우 미운털이 박히는 것은 당연한 일. 절강 땅에 자리잡고 있으면서 그런 모험을 할 수는 없었다.

"그러니 만약의 경우를 대비해 놓고, 움직이는 게 좋을 것 같소이다."

"그 수밖에 없겠지요. 그렇다면 어떤 준비를……."

말을 하는 석대운의 시선이 슬쩍 담기령에게로 향했다.

"그 첫 번째의 경우일 때, 따로 우리가 할 수 있는 일이 없는 거나 마찬가지라는 게 가장 난감한 일이지요."

"그렇다고 손 놓은 채로 당할 수만은 없지 않겠나?"

"따로 생각해 둔 바가 있는지요?"

담기령의 반문에 석대운이 잠시 망설인 후 말했다.

"만약 왕부와 용산방이…… 그러니까 왕부와 왜구들 사이에 어떤 관계가 있다면 남직례로 가는 것이 어떤가 싶소만."

"남직례라 하시면?"

"응천부 말일세."

순간 모두들 두 눈을 동그랗게 뜨고 석대운을 보았다. 북직례가 천자, 황제의 땅이라면 남직례는 황태자의 땅이었다. 그곳에서 응천부로 가겠다는 말은, 다시 말해 황태자를 찾아가자는 뜻.

"혹, 태자 전하께 닿을 수 있는 연이 있습니까?"

"그건 아니네만…… 지방의 왕부와 왜구가 관계가 있다면 황실에도 알려야 하지 않겠나? 그리되면, 지금까지 왜구에 대해 미온적으로 대응하던 황실에서도 뭔가 제대로 된 방안을 세우지 않을까 싶네만?"

석대운이 구구절절 설명을 했지만 아무도 그에 대해 대답을 하지 않았다. 아무런 연도 없는 상황에서 무작정 황태자를 만난다는 것은 불가능한 일이나 마찬가지인 탓이다.

한참을 고민하던 담고성이 나지막히 입을 열었다.

"만약의 경우, 일단은 다들 몸을 숨기는 것이 어떻겠소?"

그 말에 진충회가 불안한 표정으로 물었다.

"장원이나 총타를 버리자는 말씀입니까?"

"어디까지나 만의 하나요. 사실 왕부와 왜구가 어떤 관계가 있을 가능성은 극히 희박하지 않소? 하지만, 만의 하나라고 해서 무시할 수는 없으니 그때를 대비하자는 말이오."

담고성의 말에 모두들 입을 꾹 다물었다.

오랜 세월 자리잡고 있던 곳을 버린다는 것이 말처럼 쉬운 일이 아니니, 당연한 반응이었다. 만의 하나라는 단서를 달기는 했지만, 오왕부에서 처주무련에 속한 세력의 주인들을 모두 불렀다는 사실은 모인 이들을 불안하게 만들기에 충분한 이야기였다.

꽤 긴 정적이 흐른 후, 진충회가 힘겨운 목소리로 말했다.

"가문의 맥을 끊을 수는 없으니 그것이 좋겠습니다."

뒤이어 도제경과 석대운이 고개를 끄덕였다.

"우리도 준비를 해 놓겠습니다."

"일단은 그게 좋겠군요."

규모가 작기는 했지만, 모두가 오랜 세월 맥을 이어 온 세력들이었다. 만약의 때를 대비한 준비가 한두 가지는 되어 있는 상태였다.

회의의 흐름을 살피던 담기령이 못내 아쉬운 표정을 지었다. 부도의 평원장에 있는 이세신과 유춘이 있었다면, 또 다른 방법을 생각해 냈을지도 모를 일이었기 때문이다. 하지만 지금 그들을 불러 의견을 구하기에는 시간이 너무 촉박했다.

사실 현 상황에서는 그들이 온다고 해도 별다른 뾰족한

수가 없을 수도 있었다. 시간이나 상황이 워낙 틈이 없는 탓이었다.

어쨌든 이제 남은 일은, 각 방파가 몸을 숨긴 그 후에 대한 이야기뿐이었다.

담기령이 모두를 둘러보며 말했다.

"만약의 경우를 대비해 따로 연락할 방법만 마련해 두면 되겠군요."

진충회가 곧장 되물었다.

"지부 대인을 통하면 안 되는 건가?"

"왕부가 개입할 경우, 관을 통하는 건 위험할 듯합니다."

"그렇기는 하겠군. 그럼 어찌해야 하겠는가?"

"서신 또한 위험할 수 있습니다. 그러니 만약의 경우 다음 달 보름에 구주부 부도에 있는 현현객잔에서 만나도록 하지요. 각자 변복을 하고, 손목에 붉은 띠를 묶는 걸로 표식을 삼는 정도면 어떨까 합니다."

담기령은 철문방과 협상을 위해 구주부 부도에 갔을 때 묵었던 객잔을 떠올리며 말했다. 아무래도 처주부 내에서는 지켜보는 눈이 있을 수 있으니, 아예 다른 지역으로 가는 것이 낫다고 생각한 것이었다.

진충회를 비롯한 각 방파의 주인들이 고개를 끄덕였다.

"그게 좋겠구먼."

담기령이 그들 외에 이석약과 진수명, 곽구재에게 시선을 주며 말했다.

"우리가 상정한 만약의 사태가 발생한다면, 아마 세 분이 자신들의 문파를 이끌어야 할 겁니다."

세 사람 역시 심각한 얼굴로 고개를 끄덕였다. 최악의 경우, 왕부로 들어간 사람들은 돌아오지 못할 수도 있었다. 그러니 당연한 대비.

담기령이 담고성을 향해 말했다.

"처주부도로 사람을 보내, 기명이에게 준비를 하라 이르겠습니다."

담씨세가의 경우에는, 담기령까지 불러들였으니 만약의 경우에는 담기명이 세가를 이끌어야 했다. 담고성이 심각한 얼굴로 고개를 끄덕인 후, 좌중을 둘러보며 말했다.

"각자 준비하도록 하고, 우리는 내일 바로 출발하도록 하겠소이다."

시간이 많다면 좀 더 준비하겠지만, 사흘 후에는 항주에 닿아야 하니 그럴 시간이 없었다. 각자 방파의 후계자들을 믿고 일을 맡기는 수밖에.

담고성의 말에 모여 있던 이들 모두 무거운 표정으로 몸을 일으켰다.

"단주, 무슨 일입니까? 표정이 좋지 않습니다."

이십대 초반의 날카로운 인상을 가진 사내가 물었다. 그리고 대답한 이는 백무결이었다.

"절왜관에서 연락이 왔소."

그 말에 여기저기서 소란스러운 소리가 새어 나왔다.

"절왜관에서요?"

"이번에 또 뭔가 새로운 사실을 알아낸 겁니까?"

"당장 싸울 준비를 해야겠군요."

모여 있는 이는 모두 서른 명가량. 대부분이 이제 갓 약관을 넘은 듯 보이는 젊은 무인들이었다.

백무결이 절왜관을 찾아왔을 때, 담기령이 말했던 이들. 백무결의 이름을 듣고 모인 혈기 넘치는 젊은 협사들이었다.

그렇게 하나의 집단이 된 그들은, 스스로를 의천단(義天團)이라 명명하고 백무결을 단주로 추대했다. 그리고 독자적인 활약을 통해, 왜구들이 그 이름만 들어도 일단은 뒷걸음질 칠 정도로 강력한 집단으로 성장했다.

구성원 개개인이 경험도 적고 무공 수준 또한 아주 높은 편은 아니었지만, 협의를 추구한다는 사명감에 목숨을 걸고 달려들다 보니 그 기세가 어지간한 문파에 버금가는 탓이었다.

백무결이 조용히 손을 들자 중구난방으로 떠들던 의천단 단원들이 일시에 입을 닫았다.

"처주무련에 혹시라도 무슨 일이 생길 경우, 의천단은 일단 몸을 숨기고 따로 연락을 하자는 내용이었소."

그 말에 처음 백무결에게 질문을 했던 사내가 입을 열었다.

"그 말은, 처주무련에 무슨 일이 생긴다는 말입니까?"

사내의 이름은 하세견으로, 의천단의 지낭 역할을 하고 있는 이였다.

"확실치는 않다 하오. 하지만 혹시 모르니 그 경우를 대비해 준비를 해달라고 했소이다."

그 말에 다시 여기저기서 소란스러운 이야기가 터져 나왔다.

"뭔가 큰일이 있는 모양인데요?"

"몸을 숨긴다면 어디로 가야 하는 겁니까?"

"단주께서 따로 생각해 두신 바가 있습니까?"

만약의 사태에 대한 대비라고는 해도, 일단 그런 말을 했다는 것 자체가 그럴 가능성이 매우 높다는 것을 의미한다.

그때 하세견이 조금은 소리를 높여 말했다.

"단주께 드릴 말씀이 있습니다."

이번에도 단원들이 동시에 입을 닫았다. 의천단에는 단

주인 백무결을 제외하고는 따로 직책이 없었다. 하지만 모두들 말은 안 했지만 지낭인 하세견을 의천단의 부단주로 인정하고 있는 분위기였다.

"말씀하시오, 하 소협."

"우리 의천단이 처주무련의 도움을 받고 있는 것은 절대 부정할 수 없는 사실입니다. 처주무련의 지원이 있었기에 지금의 의천단이 존재하기도 하고요."

"그렇소이다."

모두들 알고 있는 사실을 새삼스레 꺼내는 하세견의 말에 백무결이 궁금한 표정으로 바라보았다.

"하지만 우리 의천단이 처주무련에 소속된 입장은 절대 아닙니다."

"그러니 우리가 독자적으로 움직이고 있는 것이 아니오?"

"그런데 지금 말씀하신 처주무련의 이야기는, 그들이 의천단을 자신들의 하부 조직 정도로 생각하고 있는 것이 아닌가 하는 생각이 드는군요. 단주께서는 어찌 생각하십니까?"

백무결이 이내 고개를 내저었다.

"그렇지는 않소. 의천단은 어디까지나 독립된 집단이오. 예전에 절왜관 관주와 이야기를 했던 부분이기도 하지. 이번에 전해 온 이야기는, 의천단과 처주무련이 그동

안 깊은 관계를 가져온 만큼 그에 대해서 온 연락 정도라고 생각하면 될 것이오."

백무결의 단정적인 말에 하세견이 천천히 고개를 끄덕였다.

"알겠습니다. 하지만 일단 이번에 전해 온 이야기에 대해서는 다 같이 이야기해 볼 필요가 있을 것 같습니다."

"어떤 이야기를?"

"처주무련과 의천단이 별개의 세력인 만큼, 처주무련에 무슨 일이 생긴다고 해서 우리가 함께 몸을 숨길 필요가 없다는 말입니다. 만일 처주무련의 일과 관련되어 몸을 숨기게 된다면, 외부에서 볼 때 의천단은 결국 처주무련에 소속된 집단이 될 수밖에 없습니다."

"흐음……. 생각이 너무 앞서가는 것 아니오?"

백무결의 말에 하세견이 고개를 내저었다.

"실제로 우리 의천단 내에도 처주무련 소속으로 생각하고 온 사람들이 있습니다. 물론, 단주님의 명성을 듣고 찾아오기는 했습니다만."

"당시에야 의천단이라는 이름도 없었으니 그럴 수도 있겠구려. 하지만 우리가 그리 생각지 않으면 문제 될 것도 없지 않겠소?"

백무결이 하세견의 말을 부정하려 했지만, 하세견은 꽤나 집요하게 자신의 의견을 밀어붙였다.

"우리 자신의 생각보다, 외부의 인식이 더 크게 작용한다는 사실을 아시지 않습니까?"

"음!"

백무결의 입에서 짧은 신음이 새어 나왔다. 절왜관을 찾아왔을 당시, 담기령이 했던 이야기 역시 같은 맥락이었기 때문이다.

당시 담기령은, 백무결의 스승인 검협의 명성에 처주무련의 이름이 짓눌릴 것을 걱정했었다. 그리고 지금 하세견은 같은 맥락으로, 의천단이 처주무련의 이름에 삼켜질 것을 걱정하고 있는 것이었다.

"그래서, 하 소협은 어찌했으면 좋겠소?"

"처주무련에 일이 생기더라도, 몸을 숨기지 말고 우리의 계획대로 움직였으면 합니다."

"그것은 지금껏 의천단을 도와준 처주무련의 호의를 배신하는 행동이 아니오? 그들이 우리를 도와준 만큼, 우리 역시 그들에게 어느 정도는 맞춰 주는 것이 도의에 따르는 일이오."

"아닙니다. 지금까지 처주무련에서 의천단을 지원한 배경에는, 처주무련의 명성을 올리기 위해서입니다. 다시 말해, 우리가 일방적으로 도움을 받은 것이 아니라 서로 거래를 한 셈이라는 뜻이지요."

백무결이 잠시 생각을 정리한 후 대답했다.

"그 말은, 이번에 처주무련과 다른 길을 걷게 될 경우 지원 또한 받지 못한다는 말이 아니오?"

가장 현실적인 문제였다. 여기에 모인 이들은, 하나같이 혈혈단신으로 활동하던 이들이었다. 따로 모아 놓은 돈 같은 것이 있을 리가 없었다.

"걱정하지 않아도 됩니다. 그동안 왜구들을 소탕하면서 모아 놓은 재물이 있으니 어느 정도는 버틸 수 있습니다. 그리고 지금의 의천단의 이름이라면 어딜 가든 그 정도 지원은 받을 수 있습니다."

하세견의 말대로였다. 현재 의천단은 절강성을 중심으로 무림 전체에 서서히 이름을 날리고 있었다. 검협의 제자라는 이름값과 왜구들을 소탕해 백성들을 도운 실질적인 행동이 합쳐지며 의천단은 많은 이들의 시선을 끌고 있는 상황이었다.

백무결은 난감한 얼굴로 고민에 잠겼다. 담기령과의 의리를 저버릴 수도 없었지만, 오직 자신만 보고 모인 의천단 단원들의 뜻을 내칠 수도 없었기 때문이다.

"모두들 어찌 생각하시오?"

기다렸다는 듯 여기저기서 의견이 나왔다.

"만약 처주무련과 함께 행동한다면, 처주무련에 속해 있다는 인식일 깊게 박힐 우려가 있을 것 같습니다."

"우리는 어디까지나 의천단이 아닙니까?"

"그래도 지금까지 도움을 받았는데 이제 와서 안면을 바꾸는 것도 조금은 문제가 있을 것 같습니다."

"우리가 몸을 숨기면, 그사이에 다시 왜구들이 날뛸 위험이 있습니다."

많은 이야기가 나왔다. 처주무련과 함께하는 것이 좋겠다는 의견도 있었지만, 대부분은 독자적인 행동을 원하는 이야기들.

저마다 한마디씩 던진 후, 좌중이 조용해지자 하세견이 말을 이었다.

"차라리 잘된 일일 수도 있습니다. 이번 기회에 처주무련과 의천단은 별개라는 사실을 확실히 시키는 것이 좋을 것 같습니다. 절왜관주 또한 감정보다는 이성을 중시하는 사람이니 냉정하게 관계를 따져 보고 그리 섭섭해하지는 않을 것입니다."

다시 한참을 고민하던 백무결이 희미하게 고개를 끄덕였다. 그러고 보면 담기령이 가장 강조한 것 중 하나가, 처주무련과 의천단은 서로 별개의 집단이라는 점이었다.

그리고 지금 모인 이들은, 모두가 자신을 보고 모인 이들이었다. 그런 단원들의 뜻을 무시하고 개인의 의리를 중시하는 것 또한 좋지 않았다.

"알겠소. 일단은 그 방향으로 생각해 두고, 일이 벌어졌을 때 다시 한 번 논의를 하는 것이 좋겠소."

"허……."

진충회의 입에서 저도 모르게 신음이 흘러나왔다. 한눈
에 담기 벅찬 어마어마한 규모의 장원 때문이었다. 항주
외곽에 자리잡은 오번국의 심장부인, 오왕부였다.

명 황실에서는, 친왕을 책봉할 때 해당 지역의 과거에
자리했던 나라의 이름을 붙이곤 했다. 호광성 무창에 있
는 번국의 이름이 초번국, 산서성 대동의 번국이 대번국
인 이유였다.

오왕부의 경우에는, 절강성이 과거 오월국(吳越國)의
땅이었고, 항주가 그 수도였기 때문에 오번국으로 봉해진
것이었다. 영락제 때 구주부에 월번국이 봉해졌던 것 또
한 같은 맥락이었다.

담기령이 슬쩍 담고성에게 다가가, 귓속말을 했다.

"오왕부의 위세가 대단하긴 하군요."

그 말에 담고성이 슬쩍 시선만 돌린 채 물었다.

"감시가 붙었느냐?"

"예, 적어도 열 명 정도 지켜보는 눈이 있는 듯합니
다."

담기령이 모호한 대답을 내놓았다. 사실 그 역시도 정

확하게 감지를 한 것은 아닌 탓이다. 치열했던 전장을 경험하면서 몸에 익은 육감으로, 여러 개의 시선을 반사적으로 눈치챈 것뿐이었다.

무인이 분명한 이들이 왕부로 다가오니 은밀하게 사람이 붙는 것이 당연한 일. 하지만 어차피 부름을 받아 온 참이었기에 일행들은 별다른 반응을 보이지 않은 채, 왕부의 정문으로 다가갔다.

"이곳은 오련왕 전하의 왕부이다. 양민들은 함부로 드나들 수 없는 곳이다. 신분을 밝히고 용건을 말하라."

정문으로 다가가자마자 수문위사들이 날카로운 기도를 내뿜으며 물었다.

담고성이 앞으로 나서며 담담한 표정으로 말했다.

"처주부 용천현 담씨세가의 담고성이라 하오. 세자 저하의 부름을 받아 왔소이다."

그리고 품에서 얼마 전 받았던, 오왕부의 세자 주세광의 배첩과 자신의 배첩을 동시에 내밀었다.

주세광의 배첩을 내밀자마자 거만했던 수문위사의 태도가 공손하게 바뀌었다.

"안으로 기별을 넣겠습니다. 잠시 기다리십시오."

주세광이 배첩을 준다는 것이 그만큼 커다란 의미를 지니고 있다는 뜻이었다.

그렇게 잠시 기다리고 있으니, 안으로 들어갔던 수문위

사와 함께 삼십대 중반으로 보이는 사내가 밖으로 나왔다.

"오왕부의 왕부의위사(王府儀衛司) 의위정(儀衛正)인 구지섭이라 합니다. 담 련주는 일전에 뵈었지요?"

의위정이라면, 왕부의위사의 수장으로 품계로는 정오품의 관직이었다.

"운화현 진가장 장주 진충회라 합니다. 이렇게 의위정 나리를 뵙게 되어 영광입니다."

"경녕현의 상운방, 석대운입니다."

"청전현에 자리한 명도문의 도제경입니다."

세 명의 수장들이 인사를 하고, 마지막으로 담기령이 포권을 하며 이름을 밝혔다.

"담씨세가의 담기령이라 합니다."

"하하, 어서들 들어오십시오. 세자 저하께서 어제부터 기다리고 계십니다."

구지섭의 일행들은 안도의 한숨을 내쉬기도 하고, 더욱 경계하는 표정을 짓기도 했다.

구지섭을 따라 왕부로 들어서자, 담기령의 두 눈이 한층 날카롭게 번뜩였다. 전신을 난도질할 듯 날카로운 시선들이 날아든 탓이었다.

'대놓고 위협을 하는군.'

왕부로 들어서기 전에 느꼈던 은밀한 감시가 아니었다. 제대로 기운을 실어, 감시당하는 이가 분명하게 느낄 수 있을 정도의 노골적인 시선. 지켜보고 있으니 허튼짓은 하지 말라는 일종의 경고였다.

"어?"

일행들 역시 그 시선을 느낀 것인지, 진충회가 가장 먼저 멈칫하며 반응을 보였다. 그 모습에 담기령이 얼른 따라붙어 나지막히 말했다.

"모르는 척 그냥 가시지요."

괜히 반응을 보여 봐야 얼뜨기 취급을 당할 뿐이다. 당연한 일이라고 느끼는 모습을 보여 주는 쪽이 차라리 나았다.

몇 개의 문을 지나 도착한 곳은, 낮은 담장으로 싸여 있는 경하전(敬下殿)이라는 편액이 걸려 있는 큼직한 장원이었다.

왕부라는 곳이, 커다란 장원 정도가 아닌 왕궁의 범주에 속하니 그 규모 또한 어지간히 큰 장원보다도 훨씬 더 컸다. 그러니 부속된 건축물들 또한 규모가 다를 수밖에.

경하전 입구에서 발을 멈춘 구지섬이 발을 멈추며 일행들에게 말했다.

"저하를 알현하시려면 지니고 있는 병장기를 모두 풀어 놓으셔야 합니다."

당연한 이야기였기에 각자 지니고 있던 병자기를 풀어, 경하전 입구를 지키는 위사에게 건네주었다.

"담 공자는 따로 무기를 패용하지 않습니까?"

일행들의 뒤에 가만히 서 있는 담기령을 향해 구지섭이 물었다.

"예, 아무래도 이럴 것 같아서 놓아두고 왔습니다."

물론 양팔에 흑야와 창월을 착용하고 있었지만, 굳이 그것을 말할 필요는 없었다. 또한, 안으로 들어갔을 때 무슨 일이 있을지도 모르니 만약을 대비해 한 사람이라도 무기를 가지고 있을 필요가 있었다.

일행들이 무기를 건넨 후, 위사가 다가와 일일이 몸을 수색했다. 그리고 구지섭의 설명이 이어졌다.

"여러분을 믿지 못하는 것이 아니라, 정해진 절차이니 이해해 주십시오."

역시나 따로 불만스러워 할 필요가 없는 일이었다.

그렇게 몸 수색이 끝난 후, 구지섭이 경하전 안으로 일행을 이끌었다.

"따라오십시오."

구지섭을 따라 경하전의 정문으로 들어서던 중, 갑자기 담기령의 시선이 한 곳에 멈췄다. 바로 구지섭이 차고 있는 한 자루 장검이었다.

모두들 무기를 풀고 나니, 구지섭이 허리에 차고 있는 장검이 유독 눈에 들어온 탓이었다. 의위정은, 의전을 수행하는 동시에 호위의 역할까지 하니 당연한 일.

하지만 담기령이 시선을 멈춘 이유는 다른 곳에 있었다. 담기령이 작은 목소리로 옆에 있는 담고성에게 말했다.

"아버지."

"왜 그러느냐?"

"의위정의 장검을 보십시오."

"음?"

담고성이 영문을 모르겠다는 표정으로 아들을 보았다. 의위정이 검을 차고 있는 것이 무슨 문제란 말인가. 그에 담기령이 말을 덧붙였다.

"검수(劍首)를 보십시오."

검수는, 검의 손잡이인 검병의 가장 끝 부분에 달린 장식. 손이 미끄러지는 것을 막는 동시에, 장검의 무게 중심을 잡는 역할을 하는 부분이었다. 검을 만들 때, 이 부분을 다양한 모양으로 만들거나 따로 세공을 해서 멋을 내기도 했다.

담고성의 시선이, 구지섬의 장검 손잡이로 향했다. 동시에 담고성 또한 두 눈을 휘둥그레 떴다.

"설마?"

"맞습니다."

구지섬의 장검, 둥근 원판 형태의 검수에 새겨져 있는 문양이, 담기령이 처음 중원으로 넘어왔을 때, 죽어 가던 이에게 건네받았던 그 철패의 문양과 똑같았던 것이다.

담기령이 담고성을 향해 한층 낮은 목소리로 말했다.

"일단은 모른 척하는 것이 좋겠습니다. 상황을 봐서 이야기해 보도록 하지요."

"그러자꾸나."

2장
오왕부의 제안, 그리고 거래

작기는 했지만, 정전(正殿)의 격식을 갖춘 방이었다. 길쭉한 장방형의 방 가장 안쪽에 몇 개의 계단으로 만들어진 단이 있고, 단 위에는 화려한 의자가 놓여 있었다. 그리고 단 아래로는, 단에서 정전 입구로 뻗은 통로를 사이에 두고 의자들이 마주 보는 형태로 놓여 있었다.

그리고 단 위의 화려한 의자에는 한 사내가 앉아 있었다.

"세자 저하를 알현합니다."

단의 아래, 담고성의 말과 함께 일행들이 일제히 무릎을 꿇고 포권을 한 두 손을 머리 위로 들어 올렸다.

일행의 인사에 단 위의 사내가 가볍게 손을 들며 말했다.

"일어나 자리에 앉으시오."

의위정이 정전의 좌우에 늘어선 의자를 가리키고, 일행들이 좌우로 적당히 나눠 자리를 잡았다.

"어서 오시오. 언제쯤 오려나 기다리고 있었소이다. 주세광이오."

주세광, 현 오왕부의 친왕인 오련왕의 장자, 왕세자의 이름이었다.

"처주부 용천현 담씨세가의 가주이자, 처주무련의 련주인 담고성이라 합니다."

담고성을 시작으로 각자 자신을 소개하는 사이, 담기령은 조심스레 주세광을 살폈다.

나이는 이제 갓 서른쯤, 살짝 각이 진 네모난 얼굴에 굵직한 이목구비를 가진 넉넉한 인상의 사내였다. 하지만 담기령은 넉넉한 인상의 이면, 유난히 크고 까만 눈동자 깊숙한 곳에서 번뜩이는 현기를 놓치지 않았다.

그러는 사이 담기령의 차례가 되었다.

"절왜관을 맡고 있는 담기령이라 합니다."

"하하, 그대가 일전에 조세선이 움직인다는 거짓 정보를 통해서 왜구들을 잡아들인 담 관주시구려. 그 일만이 아니라 실질적으로 왜구들을 막아 주고 있으니 그 또한 참으로 훌륭하오."

"과찬이십니다."

주세광이 미소를 지으며 고개를 끄덕인 후, 일행들과 일일이 시선을 맞추며 말했다.

"백성들의 안녕을 위해 불철주야 노력을 아끼지 않는 귀하들을 이렇게 직접 대면하니 기쁘기 그지없소이다."

대답은 담고성의 입에서 나왔다.

"그저 할 일을 했을 뿐입니다."

"하하, 그대들과 같은 사람들이 더욱더 많아져야 할 텐데 말이오."

그렇게 의례적인 인사를 주고받은 후, 주세광이 구지섬에게 슬쩍 눈짓을 했다. 그리고 구지섬이 재빨리 기감을 펼쳐 주변에 듣는 이가 없다는 것을 확인하고 고개를 끄덕였다.

"이렇게 먼 곳까지 그대들을 모신 것은, 부탁드릴 일이 있어서요."

주세광이 잠시 말을 끊고 일행들과 한 번 더 시선을 맞춘 다음 이야기를 이었다.

"오왕부에서는 꽤 오랜 시간 공을 들여왔던 일이 있었소이다. 그런데 우연히도 처주무련에서 하는 일과 그 일이 겹치게 되었소이다."

주세광의 말에 담고성이 기다렸다는 듯 물었다.

"혹시, 용산방과 관련된 일인지요?"

"그렇소."

일행들이 일제히 고개를 끄덕였다. 역시나 예상했던 대로 용산방을 조사한 것과 관련된 부름이었다.

"하여 내리실 말씀은?"

"용산방에 대한 모든 일을 중지해 주시오."

"흐음!"

담고성은 물론, 모두의 입에서 신음이 새어 나왔다. 단순히 거짓 정보만 흘릴 때는 영녕계의 도움을 받았지만 용산방을 조사하는 일은 달랐다. 처주무련에서 직접 자금과 인력을 투입해 용산방을 뒤지고 있는 상황이었다.

다시 말해, 이미 소비한 재화가 있는 상황에서 일을 그만두게 되면 그로 인한 손해가 막중해지는 것이다. 특히나 처주무련의 운영과 관련된 모든 비용을 부담하고 있는 담씨세가의 타격은 아주 컸다.

담기령은 차분하게 호흡을 고르며 생각에 잠겼다.

'아예, 다른 말을 꺼내지 못하게 만들 생각이군.'

에두르는 것도 없이 직접적으로 요구를 했다는 말은, 그만큼의 강제성을 띤다는 의미였다.

'생각보다 노련해.'

알려진 바에 의하면 주세광의 아버지인 오련왕은, 더 잴 것도 없는 영락 없는 한량이었다. 책을 읽고, 바둑을 두고, 금을 뜯는 등으로 하루를 보내거나 종종 각지의 풍광이 수려한 곳으로 유람을 떠나는 것으로 세월을 보내는 이라 알려져 있었다.

그러다 보니 오왕부에 속한 왕부장사사의 수장인 우장사와 좌장사 역시 항상 오련왕을 수행하기 위해 왕부를 비우는 일이 잦았다.

그 탓에 왕부의 대부분의 일은, 지금 눈앞에 있는 세자인 주세광과 의위정의 선에서 처리되었다. 그렇게 된 것도 벌써 오 년이 되었다 하니, 상황에 따라 어떤 대화를 해야 할지 노련하게 이끌어 가는 것도 당연한 일.

명령이 아닌, 부탁의 형식을 취하면서도 강제성을 띠는 것 역시 그런 노련함의 일부분이었다.

하지만 이렇게 강제적으로 부탁한다는 것은 다른 일면을 추측하게 만드는 부분이기도 했다.

'그만큼 왕부에서도 꼭 필요한 일이라는 의미렷다.'

다시 말해 용산방을 조사하고 증거를 잡는 일이 오왕부의 입장에서도 아주 중요하다는 의미였다. 상대의 절박함은 파고들 빈틈이 되는 법.

담기령은 슬쩍 담고성과 시선을 교환했다. 이제부터 자신이 이야기를 하겠다는 의미였고, 담고성 또한 그것을 알아듣고 고개를 끄덕였다.

"저하, 외람되지만 한 말씀 올려도 되겠습니까?"

"그러시오. 하지만, 내 청을 거절하는 의미라면 듣지 않겠소."

강경한 태도로 일관하는 주세광의 모습에, 담기령이 눈빛을 가라앉히며 말했다.

"절강에서 오왕부의 명을 거역할 수는 없지요. 허나, 저하께서 저희의 사정 또한 헤아려 주셨으면 하는 청이 있습니다."

"사정이라?"

"처주무련은, 사정이 좋지 않음에도 불구하고 처주부의 왜구들을 일소하기 위해 노력해 왔습니다. 이번 용산방의 일 또한 그 연장선에 있지요. 그런데 갑작스레 그 일에서 발을 빼게 되면, 그동안 투입했던……."

주세광이 담기령의 말을 자르고 들어왔다.

"그에 대해서라면 이미 생각해 두었소."

"그게 무슨 말씀이신지?"

"처주무련에 금인을 발행해 주겠소."

처주무련 사람들 모두가 두 눈을 휘둥그레 떴다.

철, 아니, 채굴되는 모든 광물은 나라에서 전매를 하는 물품이었다. 광산에서 채굴되는 광물은 전부 관청으로 들어갔다가 각 상인들과 철방에 배분되는 방식으로 유통이 되었다.

하지만 그런 전매 방식은 여러모로 번거로움이 있었다. 일단 광산이 있는 곳마다 해당 관청을 세워야 했고, 일일이 광물을 쌓았다가 철방과 대장간으로 불하해야 되기 때문에 과정이 번거로웠다.

그래서 만들어진 것이 금인(金引)이라는 공문서였다. 구매한 금인의 광물 종류와 양 만큼, 상단이나 철방이 광산에서 직접 금인으로 철을 받게 해주는 증명서.

소금을 유통할 때 필요한 염인, 차를 유통할 때 필요한 다인 또한 같은 맥락의 물건이었다.

이 증명서들을 구매만이 아니라 거래에 대한 허가증의 역할도 함께하는 물건이었다. 바꾸어 말하면, 다인도 없이 차를 거래한다는 말은 밀거래라는 의미였다.

과거라면 왕부에서 이러한 금인이나 다인을 마음대로 주무를 수 없었다. 하지만 성화제 당시, 각 왕부에 대한 제약들이 풀리면서 나라의 전매 물품들에 대한 권리가 상당수 각 왕부에 귀속되어 있었다.

이러한 금인이나, 다인, 염인 등은 수량이 한정되어 있었고, 그 대부분을 거대 상단이 차지한 탓에 아무나 발을 들일 수 없었다. 그런데 왕부에서 처주무련에 금인을 발행하겠다니 놀라는 것이 당연했다.

참지 못한 진충회가 떨리는 목소리로 물었다.

"그, 금인이라면 어느 정도를 말씀하시는지요?"

"연간 철에 대한 금인 천 장이오. 물론 금인에 대한 가격은 다른 곳에 공급하는 것과 똑같소."

"처, 천 장!"

진충회가 비명 같은 소리를 내뱉었다. 그리고 그것을 보는 담기령의 인상이 살짝 일그러졌다. 금인을 내준다는 것은 생각지도 못한 일이기는 했다. 하지만 저렇게 놀라서는, 결국 끌려갈 뿐이었다.

진충회가 또 무슨 말을 하기 전에 얼른 그 말을 막을 필요가 있었다.

"저하!"

담기령의 부름에 주세광의 시선을 돌렸다.

"말하시오."

"저희가 단순히 금전적인 손해만을 생각했다면, 굳이 저하의 심기를 불편하게 만들면서까지 이런 이야기를 입에 올리지는 않았을 것입니다."

주세광 또한 미간에 깊은 주름을 접었다. 금인 천 장이라면 꽤나 큰 규모의 철방을 꾸릴 수 있는 양이었다. 다른 철방의 불만이 있으리라 예상하면서도, 무리를 한 이유는 이번 일이 오왕부에 그만큼 중요하다는 뜻이었다. 그런데 거기에 토를 달고 나오니 기분이 좋을 수 없었다.

"부족하단 말인가?"

"아닙니다."

"허면?"

"처주무련이 잃을 것은 단순히 금전적인 것이 아니기 때문입니다."

"그렇다면 또 무엇이 있는가?"

"이름입니다."

주세광이 이해 못하겠다는 표정으로 되물었다.

"이름이라?"

"그렇습니다. 용산방 정도의 집단이 왜구들과 내통하고 있다는 사실은, 지금까지 절강성에서 단 한 번도 밝혀진 적이 없는 큰일입니다. 그러니 그 일을 성공할 경우 처주 무련의 명성 또한 올라가게 되지요."

주세광의 목소리가 냉랭하게 변했다.

"그 말은, 세간의 명성을 위해 왕부의 부탁을 거절하겠다는 말인가?"

"아닙니다."

"그대는 지금 나를 놀리려 드는가?"

"절대 그렇지 않습니다."

조금도 위축되지 않고 말하는 담기령의 태도에 주세광의 눈빛이 싸늘하게 변했다.

"그렇다면 말해 보라. 허나, 궤변으로 나를 놀리려 드는 것이라면 절대 용서치 않으리라!"

일절 감정이 실려 있지 않은 무미건조하면서도 나지막한 외침. 그와 함께 강렬한 기세가 담기령을 압박해 들어왔다.

'흠!'

그것은 내공을 통한 기세가 아닌, 주세광이 지니고 있는 제왕의 기질, 그리고 위엄을 통해 전해져 오는 압박이었다.

보통 사람이었다면, 그것만으로도 오금이 저릴 정도로 강렬한 기운. 하지만 담기령 또한 저쪽 세상에서 그와 비슷한 위치, 아니, 어쩌면 그보다 훨씬 더 높은 자리에 있었다. 이 정도 압박에 위축될 리가 없었다.

담기령이 어깨를 반듯하게 펴며 말을 이었다.

"처주무련에서 그 정도로 덩치가 큰 내통자를 밝힐 경우, 처주무련의 이름으로 처주부 내에 있는 다른 내통자들을 압박하는 것이 가능합니다. 실질적인 행동을 하지 않더라도, 그들은 위축될 수밖에 없습니다. 이는 왜구들 또한 마찬가지입니다. 자신들의 내통자 중 하나가 드러나게 되면, 다른 내통자들의 정보를 신뢰할 수 없는 상황이 됩니다. 이미 여러 번 거짓 정보에 걸린 경험이 있는데, 내통자까지 드러난 상황이면 함부로 움직일 수 없지요. 즉, 처주무련의 명성이 내통자들은 물론 왜구들에 대한 억제력으로 작용한다는 말입니다."

"후우!"

주세광이 깊이 숨을 골랐다. 충분히 설득력이 있는 말이었다. 하지만 그렇다고 해서 물러날 수는 없는 일이었다.

"그래서 왕부의 부탁을 거절하겠다는 말인가?"

주세광의 말에 담기령이 속으로 미소를 지었다. 주세광이 저렇게 물어왔다는 말은, 일단 주도권이 이쪽으로 넘어왔다는 의미였다.

하지만 그렇다고 해서 안심할 수는 없는 상황. 오히려 이제부터가 더 중요했다.

"그렇지 않습니다."

"말하게."

"다른 것을 주시지요."

"다른 것?"

"예, 용산방을 포기할 수 있을 정도의 무언가를 원합니다."

"그 말은, 방금 말한 명성을 쌓을 수 있을 정도의 것을 달라는 말인가?"

"정확하게 보셨습니다."

주세광은 홀로 생각에 잠겼다. 사실 반발을 예상하지 않은 것은 아니었다. 그렇기에 금인이라는 대가를 준비해 놓기는 했지만, 어쩌면 그것만으로도 충분하지 않을 수 있다고 생각해 두었다.

그래도 이 요구는 주세광의 예상 범위 밖이었다. 그리고 꽤 곤혹스러운 요구이기도 했다.

처주무련이 네 개의 무림 방파가 모인 집단이라고는 해

도, 오왕부에는 그 정도는 충분히 지워 버릴 수 있는 힘이 있었다. 하지만 오왕부는 어디까지나 명 황실의 황족, 아무런 명분도 없이 그런 짓을 하기는 힘들었다. 어지간한 곳이라면, 명분 또한 원하는 대로 만들 수 있지만 처주무련은 그럴 수가 없었다.

그들의 활약으로 처주부 내의 왜구로 인한 피해가 현저히 줄어든 탓이었다. 게다가 처주부 지부인 섭문경과도 깊은 관계가 있기에, 처주무련을 힘으로 누를 경우 오왕부의 정치적인 입지도 줄어들 수밖에 없었다.

'어찌한다?'

한참을 고민하던 주세광이 어쩔 수 없다는 듯 입을 열었다.

"용산방이 왜구들와 정보를 주고받는 방식을 알려 주겠네."

"오왕부에서 용산방을 처리하고, 저희는 왜구들을 처리하라는 말씀이시군요."

"그렇다네."

별것 아닐 수도 있지만, 사용하기에 따라서는 아주 큰 위력을 발휘할 수 있는 정보였다. 정보의 흐름을 따라가 왜구들을 직접 칠 수도 있기 때문이었다.

하지만 담기령은 그 정도로 만족하지 않았다.

"오왕부의 실질적인 도움을 주시면 안 되겠습니까?"

순간, 주세광의 얼굴이 한층 차갑게 굳었다. 실질적인 도움. 다시 말해 오왕부가 가지고 있는 무력을 말하는 것이었다.

"욕심이 과하구나!"

"물론, 그에 대한 대가를 지불하겠습니다."

"대가? 허, 오왕부의 무력에 대한 대가가 무엇인지 말해 보라! 그 대신, 계속해서 허튼소리를 할 경우 어떤 일이 벌어질지 잘 생각하고 말을 하도록!"

주세광의 목소리가 한층 낮게 깔렸다. 그 모습에 진충회는 식은땀을 줄줄 흘리며 부르르 어깨를 떨었다. 다른 이들 역시 드러내지는 않았지만, 눈썹을 움찔거리는 것이 어지간히 긴장한 모습.

하지만 담기령은 조금도 긴장하지 않은 듯, 담담한 표정을 유지한 채 구지섬에게 시선을 돌렸다.

"의위정 나리께 여쭙겠습니다."

"말하게."

"최근 몇 개월 사이에, 의위정 나리의 가문에서 무인들이 갑자기 행방이 묘연해진 적이 있지 않습니까?"

순간, 구지섬은 물론 주세광의 눈가가 파르르 떨렸다. 지금껏 목소리를 낮추고, 두 눈에 냉기가 도는 것으로 노기를 표현했던 것과는 확연히 다른 모습. 당황의 증거였고, 담기령의 말이 맞다는 방증이었다.

숨 막힐 듯 무거운 정적이 정전 안을 휘감았다. 그렇게 한참 동안 이어진 정적 끝에 구지섬이 힘겹게 입을 열었다.

"그대가 그 사실을 어찌 아는가?"

동시에 구지섬의 전신에서 무시무시한 살기가 피어올라 담기령의 전신을 휘감았다. 주세광에게서 뿜어졌던 위압감과는 확연히 다른, 실질적인 기운을 실어 보내는 살기.

하지만 담기령 또한 초절의 경지에 접어든 무인이었다. 살기에 실질적인 기운을 실었다고는 해도, 그것만으로 위축될 리가 없었다.

"직접 보았습니다."

"뭣이?"

구지섬의 두 눈이 한층 날카롭게 변했다. 사라져 버린 무인들을 직접 보았다는 말은, 달리 해석하면 담기령이 흉수라고 자백하는 것이나 마찬가지인 탓.

"오해는 마십시오. 우연히 그들의 시체가 있는 것을 보았을 뿐입니다."

"죽었단 말이냐!"

"예, 제가 발견했을 때는 한 사람을 제외하고는 모두 숨이 끊어져 있었습니다."

말을 마친 담기령이 품에서 무언가를 꺼내 내밀었다. 남궁세가에서 의심스러운 연락을 받은 후, 품고 있던 문제의 철패였다.

"유일하게 살아 있던 이가, 숨이 끊어지기 직전 저에게 주었던 물건입니다."

"이건!"

철패를 받아 살펴보던 구지섬의 입에서 경악성이 터졌다. 그 모습을 본 주세광이 급히 물었다.

"누굽니까?"

"워, 월영대주입니다."

대답과 동시에 주세광이 날카로운 표정으로 담기령을 향해 물었다.

"알고 있는 것을 소상히 고하라!"

"없습니다. 철패를 자신의 가문에 전해 달라는 말 외에 남긴 것이 없으니까요. 대신 철패 뒤에 따로 전할 말을 새긴 모양이더군요."

구지섬이 얼른 철패를 뒤집었다.

"음?"

동시에 얼굴에는 의아한 표정이 떠올랐다.

그런 구지섬의 반응에 주세광이 의아한 표정으로 물었다.

"왜 그러시오?"

"이, 이건……."

"말씀을 하시오, 의위정."

"입과 하늘."

더욱더 알 수 없는 이야기에, 주세광이 고개를 갸웃거렸다. 철패에 새겨진 흑화가 무슨 말인지 물었는데, 이건 또 뜬금없이 무슨 말인가.

"오(吳)입니다."

파자였다.

흑화라는 것은 급한 순간 말을 남기기 위해 만들어진 것. 그렇기에 아주 간단한 의사 전달만 가능한 정도의 기호였다. 복잡한 내용을 전하는 것도 불가능하고, 표현 또한 다양하지 않다.

그런 탓에 간단한 파자로 글자를 만들어 놓은 것이었다. 하지만 그렇기에 더욱 알 수 없는 내용이었다.

"왕부 말이오?"

오(吳)는 곧 오(吳). 그리고 이는 오왕부를 뜻했다. 죽어 가는 순간, 마지막 힘을 쥐어짜 새긴 것이 오왕부라니.

"그렇습니다."

구지섬 역시 고개를 끄덕이기는 했지만, 이게 무슨 뜻인지 파악할 수가 없었다.

그리고 담기령은 만족스러운 눈빛으로 당혹스러워 하는 두 사람을 보았다.

'잘됐군.'

철패에 새겨진 흑화의 의미가 명확하지 않다면, 자신이

가진 또 하나의 패가 아주 유용해지는 것이다.

구지섭이 다급한 표정으로 담기령에게 물었다.

"다른 말은 남긴 것이 없는가?"

"없습니다. 그 패를 가문에 전해달라는 말밖에는."

구지섭은 당혹스러워하는 자신과 달리, 너무 담담한 담기령을 보니 갑자기 속에서 무언가 울컥 올라왔다.

"그렇다면 자네는 왜 이제야 이걸 꺼내는 건가!"

감정이 격해지니 평소라면 하지 않을 말이 입에서 튀어나왔다.

"철패의 문양이, 항주 구씨세가의 것이라는 걸 오늘 처음 알았기 때문이지요. 의위정께서 차고 있는 그 장검의 검수를 보고서야 알게 된 것입니다."

"크음!"

주세광과 구지섭이 불편한 표정으로 헛기침을 토했다. 그리고 그런 두 사람을 향해 담기령이 말했다.

"이제 하던 이야기를 마무리했으면 합니다만?"

동시에 구지섭의 눈에서 불똥이 튀었다.

"뭐라! 지금 이 상황에 그런 말을 잘도 하는군!"

"의위정 나리의 가문에 좋지 않은 일이 있었던 것에 대해서는 저 역시 마음이 편치 않습니다. 하지만 지금 이 자리는, 의위정 나리의 가문의 일을 논하는 자리가 아니지 않습니까?"

얼굴이 불그락푸르락 달아오르는 구지섬의 모습에 주세광이 다시 나섰다.

"그렇다면 말해 보라. 이것으로 오왕부의 실질적인 도움을 달라고 하는 건가?"

"아닙니다. 시신을 수습해 주는 도중에, 그들이 지니고 있는 돈으로 저도 도움을 받았으니 그건 어디까지나 제가 갚아야 할 일종의 빚이라고 생각합니다."

"그렇다면?"

"보아하니, 철패에 새겨진 흑화의 내용이 명확하지 않은 듯하군요. 그러니 또 다른 정보를 넘겨 드리겠습니다. 철패의 흑화처럼 의미를 알 수 없는 것이 아닌, 분명한 실체가 있는 정보입니다."

"말하라."

"그전에 약조해 주십시오."

조금도 물러서지 않는 담기령의 모습에, 처주무련 사람들은 입안이 바싹 타들어 가는 기분이었다. 하지만 끼어들어 말리기도 힘든 상황.

담대하면서도 자신만만한 담기령의 모습에, 주세광은 애써 솟구치는 노기를 가라앉혔다. 저런 인물은 힘으로 억압할 수도 없고, 좋은 말로 구슬리는 것도 힘들었다. 그러니 흥분해 봐야 이쪽만 손해.

"오왕부의 무력은, 왕부 밖에서 함부로 휘두를 수 없네."

당대에 각 지방의 왕부들은 이런저런 이권과 함께 많은 힘을 가지고 있었다. 무력 또한 충분히 강했다. 보유할 수 있는 병력의 한계가 있기 때문에, 그 한도 내에서 가능하면 무공이 높은 자들을 위주로 꾸려 온 덕분이었다. 하지만 그것을 함부로 밖에서 휘두를 수는 없었다.

친왕들의 왕부는, 실제로 백성이 있고 영토가 있는 왕부가 아니었다. 굳이 따지자면 황실의 직계로서, 명의 땅 어느 곳에 분가를 하는 것이었다.

그렇기에 정치에 어느 정도 영향력을 행사할 수는 있어도, 실질적으로 정치에 참여하는 것 또한 불가. 같은 맥락으로 지키기 위한 병력의 보유는 가능하지만, 그 병력을 함부로 외부에 행사할 수는 없었다.

게다가 오왕부가 자리한 항주는, 황태자의 땅인 남직례의 턱밑이었다. 그런 위치에 있는 오왕부가, 아무런 명분도 없이 외부로 병력을 휘둘렀다가는 말도 안 되는 덤터기를 쓸 수도 있었다.

물론, 담기령의 요구를 들어주면 왜구를 토벌한다는 명분이 생기기는 했다. 하지만 그전에 용산방을 쳐야 한다는 문제가 있었다. 연이은 무력의 사용은 자제해야 했기에, 담기령의 요구를 들어줄 수가 없는 것이다.

그때 구지섭이 주세광에게 다가가 나지막한 목소리로 말했다.

"저하."

"말하시오, 의위정."

"그 일을 구씨세가에서 대신 하는 것은 어떻겠습니까?"

나쁘지 않은 생각이었다. 구씨세가의 무력은, 오왕부에 필적할 수준은 아니었지만 적어도 처주무련의 네 방파보다는 높았다. 저들이 원하는 수준의 대가가 될 수 있다는 뜻이었다. 그리고 오왕부는 황실의 시선을 의식하지 않아도 되고, 구지섬은 담기령이 가지고 있다는 정보를 얻을 수도 있으리라.

"그리하시오."

"감사합니다."

짧은 대화를 마친 후, 주세광이 담기령을 향해 말했다.

"오왕부의 무력을 지원해 줄 수는 없지만, 의위정의 가문인 구씨세가의 도움은 가능하다. 그 정도라면 거래를 하겠는가?"

담기령이 씩 웃으며 고개를 끄덕였다.

"아쉽지만 그 정도로 만족해야겠군요."

말은 그렇게 했지만, 사실은 담기령이 원하던 바였다. 오왕부에서 병력을 지원해 주지 않을 거라는 정도는 예상하고 있었다. 그리고 무력의 지원이 없어도 충분한 정보만 있다면 왜구들을 치는 것 역시 불가능하지는 않았다.

그런데도 지원을 요구했던 이유는, 처주무련과 오왕부

의 관계를 외부에 내보이기 위함이었다. 주세광의 처가인 구씨세가에서 처주무련을 돕는다면, 대외적으로 처주무련과 오왕부가 긴밀한 관계를 맺고 있다고 알릴 수 있기 때문이었다.

다른 곳도 아닌 왕부와의 관계라면, 처주무련으로서는 충분히 많은 이득을 얻을 수 있는 것.

담기령의 대답에 구지섬이 조급한 목소리로 물었다.

"그렇다면 이제 말해 보게. 그 정보는 무엇인가?"

"예, 남궁세가입니다."

"음?"

"남궁세가를 파고들어 보면 무언가 나올 것입니다."

구지섬이 답답한 표정으로 말했다.

"자세히 말하게."

"얼마 전, 그러니까 처주무림대회를 준비하던 때였습니다. 남궁세가로부터 저희 담씨세가에 한 통의 서신이 왔습니다. 서신의 내용은, 동봉한 탁본의 글자를 읽을 수 있는가 하는 것이었습니다."

점점 알 수 없는 이야기에 구지섬이 고개를 갸웃거렸다.

"탁본?"

"예, 한자가 아닌 서역 너머에서 쓰는 문자로 어딘가에 새겨져 있는 것을 탁본으로 뜬 것이었습니다. 그리고 당시 서역 너머에 다녀왔다는 소문이 퍼져 있던 저에게 해독을 의뢰한 것입니다."

"그런데?"

"문제는 그 탁본의 원본이, 제가 쓴 것이었다는 점입니다."

이야기를 들으면 들을수록 구지섬으로서는 이해할 수 없는 내용.

"그건 또 무슨 말인가?"

"철패를 받았던 당시, 구씨세가 무인들의 시신을 수습해 주면서 나무 둥치에 묘비 대신 글을 새겨 넣었습니다. 그런데 그때는 제가 중원으로 돌아온 지 얼마 되지 않았던 때라, 습관처럼 서역 너머에서 쓰던 문자로 비문을 새겨 넣었습니다."

"그런데 그 묘비의 탁본을 남궁세가에서 파악하려 했다는 건가?"

"그렇습니다."

그제야 구지섬이 고개를 끄덕였다. 충분히 이상한 일이었다.

보통은 지나가다 시체를 보았다고 해도 묘비의 탁본을 떠서 그 내용을 해독하려 하지는 않는다. 즉, 그것이 무엇이든 자신들과 관계가 있기 때문에 그렇게까지 노력을 했으리라.

"이 정도면 충분한 가치가 되겠습니까?"

구지섬이 고개를 끄덕였다. 세가 무인들의 죽음만을 확인한 상황에서는 흉수를 밝혀낼 수 없었다. 하지만 남궁세가라는 분명한 표적이 있다면, 일이 한결 수월해진다.

"그럼 이야기를 좀 자세하게 했으면 합니다."

"말하게."

"오왕부에서 용산방을 조사하고 있는 이유를 알 수 있겠습니까? 용산방이 지대한 영향력을 가진 거대 방파도 아니지 않습니까? 그냥 처주무련에 맡겨도 될 일을, 왕부에서 이렇게까지 공을 들이는 이유를 알 수 있겠습니까?"

담기령의 물음에, 주세광이 입을 닫은 채 다시 생각에 잠겼다. 처주무련으로서는 물어보는 것이 당연하겠으나, 오왕부의 입장에서는 쉽사리 외부에 알리기 힘든 까닭이었다.

그렇다고 무작정 대답을 피하는 것도 애매했다. 어쨌든 손을 잡게 된 상황인데, 왕부라는 이름으로 무작정 찍어 누를 수는 없는 탓이다.

한참을 고민하던 주세광이 구지섬에게 말했다.

"주변을 다시 확인해 주시오."

"예, 저하."

대답과 함께 구지섬이 모든 공력을 동원해 기감을 끌어올렸다.

"아무도 없습니다."

"알았소."

고개를 끄덕인 주세광이, 담기령 쪽으로 시선을 돌렸다. 그리고 주변에 아무도 없다는 것을 확인했음에도 한껏 목소리를 낮춰 말했다.

"유황(硫黃)일세."

"유황이요?"

담기령의 반문에, 주세광이 모여 있는 이들과 일일이 시선을 맞추며 고개를 끄덕였다.

담고성을 비롯한 일행들 모두가 꽤나 놀란 표정. 하지만 담기령만은 의아한 표정으로 주세광을 볼 뿐이었다.

'유황이 뭐야?'

제갈량이나 사마의, 강태공을 모르는 것과 같은 맥락. 할아버지에게 따로 들은 적 없는 이름이 튀어나오니 의아해 하는 것이 당연했다.

주세광이 그런 담기령의 표정을 놓치지 않았다.

"담 관주는 유황에 대해 모르는 모양이오?"

"아, 그것이⋯⋯."

담기령이 조금 당혹스러워 하는 사이, 담고성이 슬쩍 끼어들었다.

"저 아이가, 어려서 서역 너머로 가는 바람에 유황이라는 것에 대해 알지 못합니다. 접할 기회도 없었고, 건너서라도 들을 일이 없었던 탓입니다."

그 말에 주세광이 저도 모르게 피식 웃었다. 조금도 만만한 구석이 없는 담기령에게서 의외의 빈 곳이 보이니 당연한 반응이었다.

"간략하게 설명해 주겠소. 독성이 있기는 하지만 약재로 쓰이기도 하고, 농사를 지을 때 벌레를 쫓기 위해서, 그릇을 만들 때 등등 아주 다양하게 쓰이는 물품이오. 그리고 화약을 만드는 데도 쓰는 물건이오."

'화약은 또 뭐야?'

반사적으로 머릿속에 의문이 떠올랐다. 하지만 이번에도 같은 실수를 할 수는 없는 법. 담기령은 일단 심각한 얼굴로 고개를 끄덕이며 물었다.

"그렇군요. 그러면 유황과 용산방은 무슨 관계가 있는 겁니까?"

"방금 전에도 말했듯이, 유황은 화약을 제조하는 데도 쓰이기 때문에 나라에서 엄격하게 관리하는 편이네. 여러 곳에 유용하게 쓰이니 시중에 풀지 않을 수는 없지만, 문제가 생길 수도 있으니 어느 곳에, 어떤 용도로 쓰였고, 그 결과가 어찌 되었는지 꼼꼼하게 관리를 한다네."

담기령이 고개를 끄덕였다.

"당연히 가격은 비싸고, 밀거래가 성행하겠군요."

담기령은 화약이나 유황이 뭔지는 몰랐지만, 주세광의

설명 속에서 그것이 나라의 전략물자 중 하나라는 것을 알 수 있었다. 그래서 전략물자의 특징에 대해 이야기를 하며 말을 받은 것이었다.

"그렇지. 그리고 각 지방의 왕부는, 황실의 눈과 귀가 되어 소금이나 차, 광물 등의 전매 물품들과 그리고 유황 같은 위험한 물자의 유통을 감시한다네."

단순히 황가의 핏줄이라고 해서, 친왕으로 책봉하고 왕부를 만들어 많은 권한을 내어 주는 것이 아니다. 왕부는 넓디넓은 중원 땅 구석까지 황실의 힘이 미치도록 하기 위한, 권력 유지를 위한 장치 중 하나인 것이다.

"용산방에서 유황을 밀거래 하고 있었습니까?"

담기령의 물음에 주세광이 애매한 표정으로 고개를 저었다.

"밀거래인지는 확신할 수 없네."

"그렇다면?"

"시작은 유황의 거래와 사용량을 확인하던 중, 선평현 전역에서 비정상적으로 많은 유황이 거래되는 것을 발견한 것이네. 처음에는 유황의 밀거래라고 생각했지. 그리고 나쁘지 않다고 생각했어."

"나쁘지 않다니요?"

"정상적으로 관에 신고된 유황은 밀거래가 힘들다네. 채굴장 자체를 관에서 관리하기 때문이지. 그런데도 밀거래가 된다는 것은, 알지 못하는 곳 어딘가에서 유황에 대한 잠채를 하고 있다는 뜻일세."

담기령이 곧바로 알아듣고 고개를 끄덕였다.

유황이라는 것은 전략물자. 누군가 잠채하고 있는 곳을 찾을 수 있다면, 나라에서는 그만큼 물자를 더 많이 확보할 수 있다는 뜻이었다.

"그런데 유황 거래를 역으로 추적하다 보니 황당한 자가 튀어나오더군."

"누굽니까?"

"정두라는 이름의 의원이었네. 그리고 그는 용산방 의당에 속해 있는 말단 의생이었지."

무림 방파에서, 하부 편제 중에 의원들의 집단을 두는 것은 흔히 있는 일이었다. 지금 말한 정두라는 의원도, 그렇게 무림 방파에서 월봉을 받으며 일하는 의원 중 하나였던 모양이다.

"그래서 용산방을 주시한 것이군요. 하지만 그 정도라면 바로 용산방을 쳐도 될 텐데요?"

"그런데 문제가 생긴 걸세. 의생인 정두를 심문한 결과, 어디에선가 유황을 가져와 용산방의 비밀스러운 창고에 그것을 쌓아 둔다고 하는 게 아닌가. 정두는 우연히 그것을 알고, 그중 일부를 빼돌려 시중에 팔아 축재를 했던 것이고."

"그렇다면 아직 그 유황이 어디에서 온 물건인지 파악하지 못했다는 말씀이시군요."

주세광은 고개를 내저었다.

"아니, 알고 있네. 유황의 질이 아주 훌륭했거든. 바로 왜에서 건너온 물건이었어."

"그래서 용산방과 왜구들의 관계를 눈치채신 겁니까?"

"그렇다네."

주세광의 대답에 담기령은 아까 했던 질문을 다시 꺼낼 수밖에 없었다.

"그런데 왜 아직까지 치지 않고 기다리고 있는 겁니까?"

"이상하거든. 정두의 말로는, 쌓여 있는 유황의 양이 어마어마하다고 했는데 아무리 왜구들이라 해도 그 정도 양의 유황을 마음대로 주무를 수는 없단 말이야. 그러니 무언가 있다고 판단한 것이고, 그래서 아직까지 지켜보고 있는 게지."

명에서 유황이 그 정도로 중요하게 여겨진다면, 왜국에서도 마찬가지였다. 그런데 왜구들이 어떻게 그 많은 유황을 빼낼 수 있는지 이상한 것이다.

"그렇다면 방향이 틀린 거 아닙니까? 용산방이 아닌, 왜구들을 잡아서 추궁해야 할 일인 것 같습니다만?"

"가장 중요한 이야기는 지금부터일세. 우리 역시 처음

에는 용산방과 거래하는 왜구들을 잡으려 했었네. 그런데 용산방을 감시하던 중, 이상한 점을 발견한 거야."

"이상한 점이라면?"

"용산방은 중원 전 지역에 유황을 팔았네."

그제야 담기령은 이 긴 이야기의 인과관계를 파악할 수 있었다.

"용산방은 겨우 꼬리 정도라는 말이군요."

"그렇다네. 용산방은 희미한 그림자 정도. 놈들을 쳐봐야, 실체는 나오지 않는다는 뜻이네."

두 사람의 대화에 진충회가 조심스레 끼어들었다.

"그게 무슨 말씀이십니까, 세자 저하."

그리고 대답은 주세광이 아닌 담기령의 입에서 나왔다.

"우리와 크게 다르지 않은 용산방 정도의 방파가, 그 정도로 대량의 유황을 중원 각지에 파는 것은 불가능하기 때문입니다."

"그거야 중원 각지에 손이 닿아 있는 자들과 연계하면 가능한 일 아닌가?"

"지킬 수 없는 보물은 결국 스스로를 죽음으로 몰고 갑니다. 그런데도 아직까지 멀쩡하다는 것은, 용산방이 중원 전역에 영향력을 미칠 수 있는 집단의 말단 조직일 가능성이 크다는 뜻입니다."

밀거래를 한다면 결국 흑도의 집단과 연계된 일이었다.

그리고 중원 전역에 유황을 세분하여 판매하는 것이 가능할 정도라면 그 규모는 상상도 하기 힘든 수준.

그 정도 흑도 방파라면 용산방에 돈을 주고 유황을 산 후에 유통시키는 것보다는, 판매 과정에서 용산방을 배제하려 할 가능성이 크다는 뜻이었다.

즉, 용산방이 아직까지 멀쩡하다는 것은, 용산방이 그 집단에 속해 있다는 반증이었다.

"그, 그렇군!"

진충회가 그제야 이해했다는 듯 고개를 끄덕였다.

담기령이 다시 주세광에게 시선을 주며 물었다.

"어느 정도 파악되셨는지요?"

"자네가 알아도 되는 것은 거기까지네. 더 이상은 파고들지 말게."

모든 일을 오왕부의 선에서 처리하겠다는 뜻. 담기령이 슬쩍 고개를 끄덕인 후, 다른 질문을 던졌다.

"그렇다면 왜 아직까지 황실에 알리지 않으셨는지요?"

"그런 정도의 일이라면 대군을 동원해야 하네. 하지만 구변진의 병력을 뺄 수는 없으니, 움직일 수 있는 것은 어림군과 금의위. 확실한 물증도 없이 어림군이 움직일 수는 없는……."

설명을 하던 주세광이 갑자기 말을 끊었다. 그리고는 쓴웃음을 지으며 말했다.

"하, 내가 이런 수에 걸려들다니."

설명을 하면서 아직까지 별다른 증거를 잡지 못했다는 것을 알려 준 꼴이 되었던 것이다.

담기령이 씩 웃으며 말했다.

"세자 저하께 미운털이 박히는 건 싫으니, 여쭙는 것은 여기까지만 하겠습니다. 그럼 이제 저희 쪽이 어떻게 움직일지 결정을 해야겠군요."

"은밀하게 움직여야 될 걸세. 처주무련의 거짓 정보 때문에 왜구들도 꽤 신중해졌으니."

하지만 담기령은 아무 문제없다는 듯 말했다.

"이런 의도는 아니었지만, 오기 전에 미리 준비해 두었던 것이 있습니다. 그걸 이용하면 될 것 같습니다."

"준비?"

주세광의 얼굴에 호기심이 떠올랐다. 이 만만찮은 청년이 무슨 준비를 해 놓았는지 궁금한 표정.

하지만 그 궁금증은 주세광만이 아니라, 함께 온 처주무련 사람들의 얼굴에도 똑같이 피어올랐다.

3장
처주무련의 괴사(怪事)

"하하, 그거 보십시오. 제가 뭐라고 했습니까?"

황개형이 의기양양한 얼굴로 한껏 웃음을 터트렸다. 황태춘 역시 마찬가지. 환한 웃음이 얼굴에 한가득이다.

"허허, 그래 네 말대로 하기를 잘했구나."

아버지의 반응에 황개형이 뒤통수를 긁적이며 조금 겸연쩍은 얼굴로 설명을 더했다.

"물론, 제가 말씀드린 방향은 아니었습니다만……."

지난번 담씨세가의 서신을 받고 황개형이 했던 말은, 어차피 거기에 따를 이들이 별로 없다는 것이었다. 그런데 예상과는 달리 꽤 많은 방파들이 처주로 향했고, 그 결과 처주무련이 결성되었다.

그로 인한 황개형의 마음 고생과 불안함은 말도 못할 정도였다. 하루하루 몰려오는 압박감에 제대로 잠을 이루지 못하는 밤이 많았다.

황태춘이 넉넉한 웃음으로 고개를 주억거리며 말했다.

"어허, 그게 무슨 상관이더냐? 결과가 좋으면 다 좋은 게 아니겠느냐?"

"그렇기는 하지요."

"그래. 처주무련이 만들어지고, 절왜관이 생겼을 때는 이 아비도 앞으로 어떻게 하나 고민이 참 많았다. 그래도 이제 그런 문제는 사라지지 않았느냐?"

처주무련의 결성 소식을 들었을 때는, 황개형은 물론 황태춘도 크게 긴장을 했었다.

그리고 절왜관이 서서히 자리를 잡기 시작했을 때는, 지금이라도 먼저 숙이고 처주무련에 들어가야 하는 고민을 할 정도였다. 그런 두 부자의 고민이 가장 심화된 것은 최근이었다. 처주무련 소속의 각 방파들이 표국을 준비하고 있었기 때문이다.

처주무련과 의천단은 수세적인 입장이 아닌, 공격적이고 적극적으로 왜구들을 쳤다. 거기에 절왜관이 제 역할을 하면서부터 처주무련이 표국을 준비했다.

그 흐름을 보고, 절왜관에서 무슨 일이 벌어질지 예상하지 못할 사람은 없었다. 처주부에서 외부로 가기 위한 유일한 통로인 물길을, 절왜관이 붙들어 매고 있으니 자신들의 표국이 입을 타격이 심각할 거라는 정도는 충분히 예상 가능한 일이었던 것이다.

황태춘이 기분이 아주 좋은 듯 또다시 큰 웃음을 터트리며 말했다.

"허허, 오왕부에서 골칫거리를 없애 줄 줄은 정말 예상도 못했구나."

황태춘의 제운방은 물론, 처주무련에 속하지 않은 방파들의 불안을 한 번에 날려 준 것은 다름 아닌 오왕부였다.

처주무련 소속 방파들의 네 주인들과 절왜관 관주를 오왕부로 불러들이더니, 그 직후 갑자기 처주부청에서 절왜관을 장악해 버린 것이었다.

거기서 끝이 아니다. 처주무련에 속해 있던 네 개 방파. 담씨세가와 명도문, 진가장, 상운방의 총타를 각 현의 관졸들이 봉쇄해 버린 것이었다.

관부에서 절왜관을 관리하는 것과 처주무련 같은 사적인 집단에서 하는 것은 커다란 차이가 있었다. 관부에서 관리를 한다는 것은, 그곳을 통과하는 모든 이에게 동등한 조건이 걸린다는 의미이기 때문이었다.

황개형이 벌어진 입을 다물수가 없는 듯, 연신 웃음을 흘리며 말했다.

"크흐흐, 그나저나 관부에서 처주무련과 절왜관을 친 이유가 뭘까요?"

"글쎄다. 아직 확실하게 알려진 것이 없다. 하지만 조금씩 흘러나오고 있는 이야기는, 왜구들과 관련된 심각한 문제가 발견됐다는 것이다."

그 말에 황개형이 두 눈을 가늘게 좁히며, 한껏 목소리를 낮췄다.

"음? 설마?"

"왜 그러느냐? 짐작 가는 일이라도 있느냐?"

"장담할 수는 없습니다만, 혹시 처주무련이 왜구들과 손을 잡고 있었던 건 아닐까요?"

황태춘의 두 눈이 휘둥그레졌다.

"뭐, 뭐라고? 왜구와?"

"사실 그간의 일들이 너무 말이 안 되지 않습니까? 아니, 처음부터 뭔가 이상했습니다. 용천현의 담씨세가가, 처주부 전체의 왜구 문제를 걱정할 필요가 없지 않습니까? 그런데 그 일을 들먹이며 처주무련을 만들더니, 갑자기 왜구들을 공격하기 시작했습니다. 게다가 결과도 좋았지요. 아무리 네 개 방파가 모였다지만, 너무 말이 안 되죠."

"겉으로는 왜구들을 치고 처주부의 왜구 문제를 해결하고 있는 것으로 보였지만, 실상은 왜구들과 손을 잡았기 때문에 가능했다는 말이더냐?"

"예, 그렇게 자신들의 명성을 올린 후에 다른 음모를 준비하고 있었던 게 아닌가 싶습니다. 물론, 확신도 없고 증거도 없어요. 어디까지나 추측일 뿐입니다."

"하지만 정황을 따져 보면 가능성이 있겠구나."

황태춘이 고개를 끄덕이며 뭔가 곰곰이 생각하더니 한껏 목소리를 낮춰 말했다.

"이 이야기를 퍼트리는 건 어떠냐?"

"퍼트려요?"

"이번 관부에서의 움직임이 어쩌면 오해일 수도 있지 않느냐? 그렇다면 처주무련이 다시 자리를 잡을 수도 있다는 말이다. 그러니 이 이야기를 퍼트려서 놈들이 두 번 다시 자리를 잡을 수 없도록 막는 것이다."

황개형이 제 무릎을 탁 두드리며 고개를 끄덕였다.

"그거 좋은 생각입니다!"

"흠, 비산문 문주를 만나 이야기해 봐야겠구나."

"예, 그리하시지요. 저번 일도 함께했으니 이번 일도 함께하면 좋지요."

제운방 두 부자의 얼굴에 다시 한 번 환한 미소가 떠올랐다.

항주부 부도 남쪽, 전당강 물길을 접하고 있는 거대한 포구의 선착장에 두 척의 날렵한 관선(官船)이 정박해 있었다. 그 선착장 끝에 관복을 입은 사내가 뭔가 깊은 생각에 잠긴 얼굴로 서 있었다.

그때 한 관졸이 사내에게 다가와 말했다.

"아버지, 밖에 나와 있는 건 위험합니다."

그 말에 관복을 입은 사내가 고개를 끄덕이며 몸을 돌렸다. 사내는 다름 아닌 담고성, 그리고 관졸 복장의 사내는 담기령이었다.

담고성이 선착장 끝에 정박해 있는 관선으로 오르고, 담기령이 그 뒤를 따랐다.

"안색이 안 좋습니다."

담기령의 말에 담고성이 말없이 고개를 끄덕였다.

"미리 알리지 않은 것 때문에 그러십니까?"

"이번 일로 다들 불안해 하지 않겠느냐?"

"아마 그럴 겁니다."

담기령의 대답에 담고성이 긴 한숨을 내쉬었다.

"하지만 이 방법에는 모두들 동의하지 않았습니까? 그러니 너무 걱정하지 마십시오."

"하지만……."

담고성이 말끝을 흐리며 답답한 표정을 지었다.

그사이, 선실 앞에 도착한 담고성이 문을 열었다. 선실 안에는 진충회와 도제경, 석대운이 앉아 있었다. 세 사람 역시 무거운 표정으로 서 있는 것이, 담고성과 같은 걱정으로 마음이 편치 못한 듯했다.

그중 가장 불안해 하는 사람은 진충회였다.

"담 관주, 정말 괜찮겠는가?"

진가장의 경우에는, 장원에 세가의 혈족들이 많았다. 당연히 딸려 있는 식구들이 있고, 부녀자나 어린아이들도 많다 보니 걱정이 이만저만이 아니었다.

담기령이 무겁게 고개를 끄덕였다.

"갑작스레 닥친 일이라면 모르겠습니다만, 미리 준비를 하고 있던 상황입니다. 너무 걱정하지 마십시오."

하지만 진충회의 불안감은 쉬이 가시지 않았다.

"그래도……."

오왕부의 세자 주세광과 이야기를 마친 후, 담기령이 내놓은 방법은 담고성은 물론 모두를 당황하게 만들었다.

자신들이 오왕부에서 뭔가 좋지 않은 일을 당한 척하자는 것이었다. 이는 주세광까지 당혹스럽게 만든 제안이었다. 왜구들을 막아 내면서 명성이 한껏 올라간 처주무련이, 오왕부에 의해 좋지 않은 일을 당한다는 것은 외부의 시선이 크게 부담스러울 수밖에 없기 때문이었다.

하지만 담기령은 자신의 생각을 밀어붙였다. 직접적인 목표인 왜구들의 눈을 속일 필요가 있기 때문이었다.

단순히 막는 것만이 아니라, 적극적으로 밖으로 나가 왜구들을 공격하는 처주무련이었다. 그런 처주무련이 움직일 경우, 왜구들 또한 크게 경계를 할 것은 불을 보듯 뻔한 상황이었다.

그러니 잠깐 몸을 숨겼다가, 기습적으로 왜구들을 치자는 것이 담기령의 생각이었다. 오왕부에서 얻은 정보로, 그들이 내통하는 경로를 역으로 추적하는 것 또한, 이쪽에서 몸을 숨기는 쪽이 유리했다.

거기에 더해, 담기령이 생각한 또 하나의 이점이 있었다. 용산방을 제외한, 처주부 내에서 처주무련에 경계심을 품고 있는 다른 네 개 방파를 안심시킬 수 있다는 점이었다.

처주무련의 활약과 절왜관의 역할, 그리고 처주무련 소속 방파들의 적극적인 움직임 탓에 다른 네 방파들이 크게 경계심을 품고 있던 것이 사실이었다.

그러던 차에, 지금과 같은 일이 벌어지면 경계심이 풀어지면서 찾아오는 나태함이 한층 더 커지기 마련. 왜구는 아니지만 처주무련과는 적대적인 입장인 그들이었다.

그러니 그들의 경계심을 풀어 놓는 것은, 나중에 처주

부의 무림 세력들을 처주무련의 아래에 두는 데 도움이
될 거라 판단한 것이었다.

담기령이 진충회를 다독이듯 부드러운 목소리로 말했
다.

"진 장주님의 아드님을 믿으십시오. 진 소장주는 충분
히 그런 능력이 있습니다."

물론, 처음 보았을 때의 진수명은 흔히 볼 수 있는 작
은 가문의 후계자였다. 상황에 대한 인식이나, 대처 방법,
사고방식 등이 지극히 평범한 수준. 왜구들과의 마찰이
많은 지역이다 보니, 책임감과 임기응변에서는 꽤 뛰어난
정도.

하지만 절왜관에서 몇 개월을 보내는 사이, 진수명은
생각보다 많은 성장을 했다. 지금은 담기령이 어느 정도
믿고 일을 맡길 수 있는 정도. 그렇기 때문에 진충회에게
도 이리 말할 수 있는 것이었다.

"알겠네."

진충회의 대답을 끝으로 잠시 어색한 침묵이 이어졌다.
다들 그리 마음이 편치 않은 상황이다 보니 걱정으로 인
해 편안한 대화가 이어지기 힘들었다.

그런 네 사람을 향해 담기령이 입을 열었다.

"일단 네 분은, 구주부로 가서 전력을 가다듬고 이동
해 주십시오. 어차피 관에서는 우리 총타를 봉쇄하는

것 외에 움직임을 보이지는 않을 테지만, 그래도 아는 얼굴과 마주치는 것은 좋지 않으니 은밀하게 움직여야 합니다."

처주부 부청이 절왜관을 차지하고, 각 현의 현청에서 네 방파의 총타를 봉쇄한 것 또한 담기령의 계획이었다. 봉쇄를 통해 대외적으로 관의 추격을 받고 있다는 인식을 심어 주는 동시에, 비어 있는 각 총타를 다른 누군가가 건드리지 못하도록 하기 위함이었다.

"그래, 너도 조심해야 한다."

선착장에 준비되어 있는 관선은 두 척이었다. 두 척 모두, 오왕부에서 지원해 준 것들.

그중 담고성과 도제경, 진충회, 석대운이 탄 관선은 전단강을 거슬러 구주부로 갈 배였다. 그리고 나머지 한 척은 담기령이 탈 배로, 바다로 나가 해안선을 타고 남하한 후 영녕강을 거슬러 처주부로 들어갈 예정이었다.

담고성 등 각 방파의 주인들은 자기 세력의 무인들을 다독이고 소요를 줄이기 위해 구주부 부도의 현현객잔으로 가는 것이었다. 그리고 담기령은 처주부의 선평현으로 가서 용산방의 정보선을 타고 바로 왜구들의 근거지를 찾아내는 것이 목적이었다.

"그럼, 나중에 다시 뵙겠습니다."

인사를 한 담기령이 선실을 나서고, 선실 안에는 다시

긴 정적이 내려앉았다.

❖❖❖

"너무 그렇게 심각해질 것 없다. 뭔가 수가 생길 것이
다."

나지막한 목소리로 말하는 이는, 사십대 초반의 날카로
운 눈빛을 가진 사내였다. 진가장 장주 진충회의 동생인,
진충경이었다. 그리고 진충경 앞에는, 스무 명가량의 무
인들이 침중한 표정으로 앉아 있었다.

보통 소규모의 세가들은, 직계 혈통을 위주로 하고 가
능하면 모두 분가시키는 쪽으로 운영하는 편이었다. 규모
가 작으니 재력 또한 한정될 수밖에 없고, 그 속에서 혈족
끼리 모이게 되면 발생할 수 있는 여러 가지 문제를 없애
기 위해서였다.

그런 통상적인 운영 방식에서 볼 때, 진가장은 조금은
다른 길을 걷는 세가였다. 장원의 무인 백여 명 중, 그 절
반이 진씨 성을 가지고 있었다. 즉, 지금 진충경 앞에 모
여 있는 무인들 모두가 진가장 장주의 직계, 혹은 방계 혈
족이라는 뜻.

"형님, 이제 어떻게 하는 겁니까?"

질문한 이는 진충경과 비슷한 연배의 사내로, 진충경의

사촌 동생인 진구용이었다.

"일단은 가주의 명을 따라야지."

가주인 진충회가 장원을 비우면서 자연스레 가주 대행이 된 진충경은, 며칠 전 전서구를 통해 진충회의 서신을 받았다.

서신에는 간략한 세 가지 지시가 담겨 있었다.

첫 번째는, 은자와 보관하고 있는 모든 재화를 전표로 바꾸어 놓고 지니고 있으라는 것. 두 번째는, 나흘 안에 전서구가 도착하지 않으면, 혈족들을 데리고 지체 없이 몸을 숨기라는 것. 세 번째는, 몸을 숨긴 채 진수명이 오기를 기다리라는 내용이었다.

그리고 나흘 째 되던 날, 가주로부터 연락이 오지 않았다.

진충회에 대한 외부에서의 평가는, 기회주의자에 행동이 가벼운 사람이었다. 하지만 진가장 내부에서는, 그 누구보다 가문의 존속과 번영을 위해 고민하고 애를 쓰는 존경받는 장주였다.

그러한 진충회의 이면을 알고 있는 진충경이었다. 그러니 나흘째가 되는 날 아무런 연락이 오지 않자 일말의 고민도 없이 혈족들을 이끌고 장원을 나섰다.

그리고 지금 몸을 숨기고 있는 곳은, 운화현 현도에서 가장 큰 규모를 자랑하는 운환반점이라는 객잔의 후원이었다. 정확하게는 후원의 각 건물들마다 지하에 만들어 놓은 은신처였다.

이 운환반점은 실제로는 진가장의 소유지만, 알려진 것은 진가장과 전혀 연관이 없는 주여송이라는 남자가 주인이었다. 그리고 후원은 늘 비어 있는 장소이기 때문에, 평소에는 후원의 건물에서 지내다가 일이 있을 때만 지하로 숨으면 되도록 계획되어 있었다.

이 은신처는 진충회가 장주가 되면서 마련된 곳으로, 등잔 밑이 어둡다는 생각에 오히려 진가장 장원과 가까이 있는 곳을 은신 장소로 삼은 것이다. 물론, 여기에는 불가피한 이유가 있기는 했다. 혈족을 중심으로 장원을 이어오다 보니 그에 딸린 식솔들에 부녀자나 아이들이 많은 탓이었다.

지금 무인들만 따로 모여 있는 이곳은, 후원의 가장 큰 객청의 지하였다. 불안해 하는 혈족들을 다독이기 위해 진충경이 따로 불러 모은 것이다.

"가주님이 언제 그른 결정을 하셨더냐? 일단은 수명이가 올 때까지 기다리자꾸나."

굳은 표정으로 말하는 진충경을 향해 진구용이 불안한 표정으로 물었다.

"만약, 수명이가 오지 않으면 어쩝니까?"

이번에는 진충경도 바로 대답을 할 수 없었다.

주여송이 가지고 온 이야기에 따르면, 진가장의 장원은 이미 현청의 관졸들이 봉쇄를 하고 있다 했었다. 정확한 이유까지는 알 수 없었지만, 오왕부로 갔던 가주에게서 연락이 끊긴 상황이니 자신들은 쫓기고 있는 상황이라 상정해야 했다.

한참을 고민하던 진충경이 나지막한 목소리로 말했다.

"열흘 안에 수명이 오지 않으면, 이곳을 벗어나 따로 방법을 모색하도록 하세."

"관에서 우리를 쫓지 않겠습니까?"

"그럴 수도 있지만, 그게 조금 애매하구나."

"애매하다니요?"

"주여송이 가지고 온 정보로는 처주무련에 속한 네 방파가 모두 관에 의해 봉쇄당한 상황이다. 처주부청은 물론 네 개 현청이 동시에 움직였다는 말이고, 이는 사전에 준비하고 있었다는 뜻이다. 그렇다면 우리를 찾기 위해 용모파기가 붙어야 정상이다. 하지만 그렇지가 않다."

"듣고 보니 그렇군요."

각 방파의 총타로 한꺼번에 들이닥쳤다는 말은, 일망타진하려는 계획이었다는 뜻이다. 그렇다면 놓칠 때를 대비해 용모파기를 만들고 수배를 하는 것이 정상. 하지만 그런 조짐이 보이지 않는 것이다.

"그러니 생각하기에 따라서는, 그리 어렵지 않게 다른 길을 모색할 수도 있을……."

그때였다.

텅, 텅, 터텅!

한꺼번에 숨을 죽이며 허리춤의 병장기로 손을 뻗었다.

천장의 지하 밀실 출입구를 두드리는 소리. 길게 두 번, 짧게 두 번. 진가장 사람이라는 신호. 하지만 안심할 수는 없기에 다들 긴장한 표정으로 천장을 뚫어져라 쳐다보았다.

끼이익!

천장의 문이 열리고, 지하 밀실 안으로 빛이 쏟아져 들어왔다. 그리고 긴 그림자를 앞세워 계단을 내려오는 한 사내.

차차창!

무인들이 일제히 검을 뽑아 내려온 사내를 향해 겨누었다. 얼굴 한가득 수염을 달고 있는 처음 보는 남자인 탓.

사내가 재빨리 양손을 어깨까지 들어 올리며 편안하게 말했다.

"숙부님, 수명입니다."

"음?"

진충경이 고개를 갸웃거리는 사이, 사내가 달고 있던

턱수염과 콧수염을 손으로 잡아 당겼다.

찌이익!

뭔가 찢어지는 듯한 소리와 함께 수염이 모두 뜯겨 나가는 듯하더니, 진수명의 얼굴이 드러났다.

"혹시나 싶어 변용을 했습니다. 다들 무사하십니까?"

걱정스레 말하는 진수명의 모습에, 진충경이 환한 얼굴로 말했다.

"명이구나! 허허, 다행이다. 무사히 돌아왔어. 식솔들은 모두 무사히 몸을 피했다."

"수명아!"

"소가주님!"

여기저기서 반가운 목소리로 진수명을 불러댔다. 그 모습에 진수명이 얼굴에 피곤함이 한가득인데도 애써 미소를 지으며 고개를 끄덕였다.

"다들 안전하다니 다행입니다."

"그래, 이게 어찌 된 일이냐?"

"외부에 사람이 있을지도 모르니, 우선 조용히 이야기해야지요. 어쨌든 앉으십시오."

진수명의 말에 진충경이 고개를 끄덕이며 세가 사람들을 진정시켰다.

"그래, 형님은 어찌 되신 게냐?"

진충경의 말에 진수명의 얼굴이 한층 어두워졌다.

"모릅니다."

"모르다니?"

"소문은 들으셨지요?"

진수명의 말에 진충경이 조심스레 고개를 끄덕였다.

"그래, 오왕부에서……."

"소문대로입니다. 오왕부에서 처주무련에 속해 있는 네 방파의 가주들, 그리고 절왜관의 담기령 관주를 불러들였습니다."

"그래서?"

진충경이 급한 표정으로 물었지만, 진수명은 고개를 설레설레 저었다.

"그 후 연락이 끊겼습니다."

"그 말은……."

"확실한 건 아무것도 없다는 거지요."

진충경이 조심스러운 표정으로 말했다.

"으음, 소문으로는 처주무련이 왜구들과……."

"그렇지 않다는 건 숙부님이 가장 잘 아시지 않습니까?"

"그렇기야 하다만, 점점 소문이 거세지니 걱정을 안 할 수가 없구나."

진충경의 이야기에 밀실 안의 분위기가 급격히 내려앉았다. 그것을 느낀 진수명이 재빨리 말을 돌렸다.

"어쨌든 출발하기 전에 미리 준비한 덕분에, 별다른 인명 피해 없이 이렇게 몸을 피할 수 있었으니 다행이라고 생각해야지요."

"그래, 그 이야기도 해 보아라. 어떻게 이런 일이 생길 줄 알고 준비를 시킨 것이냐?"

"별다른 건 없습니다. 우리가 용산방에 대한 감시를 강화하자마자 오왕부에서 연락이 왔다는 점이 불안했던 거지요. 그래서 만약의 경우를 대비한 것입니다."

"그, 그 말은 오왕부가 용산방과? 그러니까 용산방에 왜구들과 연관이 있단 말이냐?"

이야기의 이면에 숨어 있는 의미를 눈치챈 진충경이 급히 물었다. 하지만 진수명은 고개를 저었다.

"지금으로서는 아무것도 확신할 수 없습니다."

섣부른 예단은 위험했다. 지금 할 일은, 냉정하고 객관적으로 상황을 살피는 것. 그리고 신중하게 판단하는 것.

진수명이 가문의 무인들을 향해 묵직하게 고개를 끄덕인 후, 말을 이었다.

"일단 가주님들이 미리 정해 둔 대로 움직이는 것이 좋을 것 같습니다."

"그래, 어찌하기로 했더냐?"

"일단은 각자 은신처에 몸을 숨긴 후, 구주부 부도의

현현객잔에 모여 이야기를 하기로 했습니다."

진충경이 조금 안심한 표정으로 고개를 끄덕였다.

"그래, 일단은 그러는 게 좋겠구나."

진충경은 처주무련에 대해 호의적인 편이었다. 진가장이 운화현에 긴 시간 자리를 잡고는 있었지만, 무림의 세가로서는 입지가 그리 좋은 편은 아니었다. 전체적으로 한 수 처지는 무력 탓에, 송양현의 비산문으로부터 끊임없이 위협을 당하고 있는 상황이었다.

그런 때에 처주무련이 든든한 버팀목이 되어 주면서, 위협이 현저히 줄어들고 세가 또한 안정이 되었기 때문이다. 물론, 신중한 진충경이 무조건적으로 처주무련을 믿은 것은 아니었다. 초기에는 끊임없이 의심을 하고, 작은 것 하나라도 깊이 생각하며 조심을 했었다. 그런 고심 끝에 처주무련을 믿어도 된다고 판단한 것이었다.

진수명이 애써 의연한 표정으로 말했다.

"우선, 최대한 이곳에 몸을 숨기고 있는 것이 좋겠습니다. 그리고 숙부님은 저와 함께 구주부로 가시지요."

진수명이 소가주이기는 하지만, 아직 경험이 일천한 입장이었다. 긴 시간 가주를 보좌해 왔던 진충경과 동행하는 쪽이 도움이 되리라.

"그래, 그게 좋겠구나. 힘든 길 왔을 테니 하루만 쉬고 내일 출발하자꾸나. 구용아."

고개를 끄덕인 진충경이 사촌동생을 불렀다.

"예, 형님."

"내가 없는 동안, 네가 식솔들을 살피도록 해라."

"알겠습니다."

❖❖❖❖

타악!

거센 소리와 함께 저잣거리 끝자락에 자리한 작은 약재
상의 문이 닫혔다.

"어허, 저놈의 거지새끼는 질리지도 않나!"

노인은 와락 인상을 구기며 짐짓 짜증스러운 목소리로
외쳤다. 그리고 손에 들린 말라붙은 풀뿌리를 한쪽 구석
으로 던지며 말했다.

"나중에 갖다 버려라."

그런 노인의 행동에, 말린 약재를 썰고 있던 점원이 피
식 웃으며 말했다.

"주인 어른도 참! 팔지도 못할 거 만날 사 주시니까 저
런 놈들이 꼬이는 거 아닙니까?"

점원의 말에 노인이 슬쩍 시선을 돌리며 말했다.

"뭐, 그래도 가끔은 쓸 만한 것도 가져오지 않느냐?"

점원이 다 안다는 듯 두 눈을 게슴츠레 뜨고 말했다.

"에이, 뭘 또 그리 쑥스러워 하십니까? 저놈들 불쌍해 보여서 그러지는 거잖아요."

"어허, 내가 언제!"

노인이 버럭 소리를 질렀다. 하지만 정곡을 찔린 듯 이미 얼굴이 벌겋게 달아올랐다.

"쓸데없는 소리 하지 말고 어여 하던 일이나 마저 해."

노인은 부끄러운 듯 급히 얼굴을 돌리며, 점포의 안채로 후다닥 들어가 버렸다.

점원이 주인의 뒷모습을 향해 슬쩍 눈을 흘기며 끝까지 한마디 더했다.

"에이, 뭘 또 저렇게 정색을 하신데?"

그렇게 안으로 들어온 노인이 황급히 품 안으로 손을 넣었다. 그리고 다시 나온 손에는 작은 고환(固丸)이 들려 있었다.

으적!

환약을 쥔 손에 힘을 주자, 가벼운 소음과 함께 환약을 감싸고 있던 밀랍이 으깨지며 안에서 둥글게 말아 놓은 종잇조각이 나왔다.

그리고 조심스럽게 편 종잇조각을 가득 채우고 있는 깨알 같은 글씨들.

약재상의 주인, 왜구들에게 정보를 전하던 중개자의 얼굴에 짙은 미소가 떠올랐다.

따악!

깊은 밤, 야경꾼의 딱따기 소리가 길을 따라 흘렀다.

따악!

세 번째 딱따기 소리가 꽤 먼 곳에서 울리고, 이내 저 잣거리 끄트머리의 약재상 문이 조심스레 열렸다.

그리고 약재상 노인의 머리만 배꼼 문 밖으로 나왔다. 노인은 재빨리 고개를 돌리며 길 좌우를 살핀 후 아무도 없는 것을 확인한 후 재빨리 고개를 문 안으로 밀어 넣었다.

그리고 잠시 후 밖으로 나온 이는 얼굴에 복면을 뒤집어쓴 인영이었다.

"으흐흐흐!"

복면인, 정보를 전해 주기 위해 얼굴을 숨기고 나온 약재상 노인은 터지는 웃음을 억지로 집어삼켰다. 오늘도 돌아오는 길에 손안에 뿌듯하게 쥐어질 금자를 생각하니 아무리 참으려 해도 실실 웃음이 새어 나온다.

노인은 그렇게 한껏 발소리를 죽인 채, 간헐적으로 터져 나오는 웃음을 억지로 집어삼키며 어디론가 향했다.

그리고 그런 노인의 뒤쪽, 건물의 짙은 그림자 속에서 누군가 눈을 빛내고 있었다.

'나도 준비를 해야겠군.'

온몸에 검은색 야행의를 걸치고 준비해 온 복면을 뒤집어쓰는 이는, 담기령이었다.

4장
준비된 갈등

휘이잉!

간헐적으로 새어 들어오는 바람에, 벽에 걸린 등잔의 불꽃이 위태롭게 흔들렸다.

대략 백여 명, 동굴이 분명한 어두운 길을 따라 한참을 들어가면 나오는 넓은 공동에 그 정도의 사람들이 모여 있었다. 쉴 새 없이 흔들리는 불꽃이 공동의 벽에 어지러운 그림자를 그려 냈다.

백여 명의 사람들이 모여 있음에도 공동은 조용했다. 무거우면서도 냉랭한 공기가 공동 내부를 내리누르고 있었다.

간간이 들려오는 날카로운 바람 소리와 동굴 안쪽 깊숙

한 곳에서 울리는 가느다란 물소리 외에는 숨소리조차 들리지 않을 정도였다.

그 정적을 자아낸 장본인은, 명도문의 일대 제자 임사균과 이대 제자 이석약이었다.

임사균은 살기마저 느껴지는 날카로운 시선으로 이석약을 노려보고 있었고, 이석약은 고운 아미를 잔뜩 찡그린 채 공동의 천장을 쳐다보고 있었다.

"후우!"

갑자기 누군가의 깊은 한숨이 공동 내부에 잘게 메아리쳤다. 적막을 깨트린 소리에 모두의 시선이 소리의 근원지로 향했다.

"험험!"

한숨을 쉰 장본인인 청이문이 저도 모르게 헛기침을 하며 괜히 고개를 돌려 딴청을 피운다. 그리고 공동 안은 다시 정적에 휘감겼다.

명도문의 모든 제자들이 몸을 숨기고 있는 곳은, 선도산(仙都山) 깊은 곳에 자리한 동굴 안이었다.

이 동굴의 입구에는 원해암(元解庵)이라는 작은 암자가 자리하고 있었다. 산의 경사면에 기대고 있는 모습으로 자리한 암자였는데, 가파른 경사에 나 있는 동굴 입구를 가리기 위해 암자를 지어 놓은 것이었다.

이 암자 안의 작은 불상 뒤 벽면을 열어야만 동굴 입구가 드러나고, 그 동굴 안의 넓은 공동이 명도문이 만들어 놓은 유사시의 은신 장소였다.

동굴 안쪽에는 지하로 흐르는 물길이 있었고, 주기적으로 건량과 등잔을 새롭게 채워 놓았기 때문에 적어도 한 달 정도는 동굴 안에서 버틸 수가 있었다. 다만, 초겨울로 접어든 시기인 탓에 동굴 안의 한기가 문제였는데 동굴에 있는 이들은 모두 어느 정도 무공을 익힌 덕분에 그럭저럭 버티는 정도는 되었다.

밖에서는, 명도문의 제자 하나가 머리를 풀어헤치고 낡은 가사를 입은 채 승려 행세를 하고 있었다. 만약을 대비해 외부를 경계하기 위함이었다.

두 번째로 적막을 깨트린 사람은 이석약이었다.

"사숙, 더 지체하면 우리만 늦어질 수도 있습니다."

반대편 벽에 기대 앉아 자신을 노려보고 있는 임사균을 향해 던진 말이었다.

하지만 돌아온 것은 임사균의 차가운 대답.

"내가 언제 그곳으로 가겠다고 말했느냐?"

임사균의 차가운 목소리에, 이석약이 애써 침착한 표정으로 말했다.

"상황을 좀 지켜본 후에 결정하자고 말씀하시지 않았나요?"

"그랬지. 그리고 우리 문파는 처주무련과 함께 행동하

지 않는 것으로 결론을 내렸다.”

임사균의 대답에 이석약의 얼굴이 한층 더 일그러졌다.

“장문인께서 내린 명을 따르지 않으시겠다는 말씀입니까?”

“장문인의 명이라도 옳지 않은 일에는 조언을 할 수 있고, 상황에 따라서는 따르지 않을 수도 있는 법이다. 또한 장문인이 부재인 상황에서는, 절문관 관주인 내가 장문인 대리라는 것을 잊었느냐? 장문인 대리로서 상황을 지켜본 바, 처주무련과 함께하지 않는 쪽이 문파의 미래를 위한 것이라 결정한 것이다. 그러니 더 이상 이 일을 입에 담지 말라!”

“장문인께서 어찌 되었는지도 모르는데, 이렇게 우리만 따로 떨어진다는 건…….”

“방금 내 뭐라 했더냐! 더 이상 말을 꺼내지 말라 하지 않았느냐!”

“하지만 지금은 같은 입장인 처주무련과 함께하는 것이 우리 문파를 위해서도 옳은 일이 아닌가요?”

“멍청한 년! 이래서 계집들은 안 되는 게다. 생각이라는 걸 하도록 해라. 다 같이 관에 쫓기는 상황인데, 덩치가 커지면 오히려 더 곤란해질 수도 있다는 건 생각지 않는 게냐!”

“사부님이 돌아오시면 어찌하시려고 그런 결정을 내리

십니까?"

"그건 네가 걱정할 일이 아니다! 장문 사형이 돌아와도 내가 말을 할 것이고, 내가 이해를 시킬 것이다."

"하지만……."

이석약이 뭐라 항변을 하려 했지만, 임사균은 더 이상 그녀의 말을 들어줄 생각이 없었다.

"시끄럽다!"

임사균이 버럭 소리를 질러 이석약의 말을 잘랐다. 그리고 모여 있는 명도문의 제자들을 향해 말했다.

"장문인 대리로서, 명도문 제자들에게 알린다. 우리는 일단 이곳에서 버틸 수 있을 때까지 버티면서 외부의 상황을 살피고, 관에서의 추적이 옅어졌다 싶을 때 기회를 보아 일단 다른 지역으로 이동하도록 한다. 알겠느냐?"

"예!"

낮지만 힘찬 대답이 새어 나왔다. 그 속에서 이석약이 날카로운 목소리로 외쳤다.

"사숙!"

하지만 이석약은 이내 스스로 입을 막아야 했다. 임사균이 아닌, 동문의 사숙과 사형제들, 그리고 삼대 제자들의 시선이 동시에 자신에게 향한 탓이었다. 그것도 불만 가득한 차가운 눈초리.

그 험악한 분위기에 아무래도 안 되겠다고 생각한 이석

약이 조용히 몸을 일으켰다. 그리고 조심스레 걸음을 옮겨 동굴 안쪽으로 향했다.

그리고 임사균은 두 눈을 가늘게 좁혀 이석약의 뒤통수를 노려보았다.

'안 되겠군.'

잠시 뭔가를 고민하던 임사균이 조용히 시선을 움직였다. 그렇게 시선을 맞춘 이들은, 장문인 도제경이나 임사균과 같은 항렬의 일대 문도들 중 아직 문파를 떠나지 않고 남아 있는 이들이었다. 즉, 사부는 다르지만 임사균의 사형들.

시선을 맞춘 이들이 조용히 고개를 끄덕이고, 임사균이 몸을 일으키며 말했다.

"논의를 해 본 후에, 향후의 계획에 대해 말해 줄 테니 몸을 충분히 쉬어 두도록 해라."

임사균의 지시에 명도문 문도들이 삼삼오오 무리를 이루어 모여 앉기 시작했다. 그래봐야 동굴 안에서 따로 갈 곳이 있는 것은 아니었지만, 공동 안에는 금세 작은 소근거림이 가득 차올랐다.

그런 작은 소란스러움을 틈타, 임사균은 방금 전 시선을 맞췄던 사형제들과 동굴 입구 쪽으로 움직였다.

적당히 거리가 벌어지자 임사균이 발을 멈췄고, 그를 따라 온 이들이 하나둘 순차적으로 모였다.

108

모인 이들은 임사균을 포함해 모두 네 명.

"이대로는 안 되겠습니다."

임사균의 말에 명도문 일대 문도 중 하나이자, 모인 이들 중 가장 연장자인 전규백이 고개를 끄덕였다.

"일단은 임 사제가 문도들을 잘 다독여 별 탈 없이 여기까지 오기는 했지만, 이후가 문제로군."

"그렇지요. 장문 사형의 뜻을 따르겠다는 이들이 생각보다는 많습니다."

"그러게 말일세. 허허, 장문 사제도 참 왜 그런 생각을 했는지. 큰 사질이 죽은 마당에 문을 이끌 사람이 임 사제 말고 또 누가 있다고 말이야."

전규백의 말에 임사균이 저도 모르게 피식 미소를 지었다. 함께 모인 사형제들은, 이석약을 차기 장문인으로 생각하는 도제경의 뜻에 불만을 품은 이들이었다. 하지만 그렇다고 자신들이 장문인이 될 재량은 없다고 생각하니, 이렇게 임사균에게 붙어 듣기 좋은 말을 하고 있는 것이다.

"몇 명이나 보셨습니까?"

임사균의 물음에 전규백이 슬쩍 주위를 살핀 후 말했다.

"일단 평소에 장문 사제의 뜻을 따르던 이들은 대부분일세."

현재는 임사균이 문파 내의 절차에 따라 장문인 대리로
서 문파를 이끌고 있었다.

문파 내의 모든 이들이, 이석약이 차기 장문인이 되는
데 불만스러워하는 것은 아니라는 게 문제였다. 도제경을
따르던 이들이나, 이석약과 친분이 있던 이들은 아직까지
이석약을 따르는 편이었다. 물론, 전체 문도 수에 비하면
그리 많지는 않았지만, 그중에 임사균과 같은 항렬의 문
도들도 있다는 것이 문제였다.

아직까지는 장문인 대리인 임사균의 뜻대로 움직이고는
있었지만, 이석약과 임사균의 갈등이 커지면 결국은 사달
이 날 것이 분명했다. 그러니 그런 일이 벌어지기 전에 끝
을 보려는 것이었다.

"이대 제자 대부분은 일이 벌어지면 우리 쪽으로 돌아
서거나 손쉽게 처리할 수 있습니다. 문제는 우리와 같은
일대 제자들이지요. 특히 청 사형은 절대 우리와 뜻을 함
께할 사람이 아닙니다."

"그렇다면 절대 우리와 뜻이 맞지 않을 사람들만 추려
서 제거를 해야 한다는 말이로군."

"그렇습니다. 무공도 따져봐야겠지요. 각자 의견을 말
씀해 보시지요."

임사균의 말에 다른 네 사람이 각자 자신의 생각을 말
했다.

"일단은 청이문 사제. 그리고 청 사제의 두 제자. 마지막으로 윤 사형 정도가 떠오르는군."

"장 사형도 말은 안 하지만 내내 얼굴에 불만이 가득합니다."

"문 사질과 이 사질도 처리를 해야지."

"윤 사형과 곽 사제도, 평소에는 별다른 반응이 없어 몰랐는데 오늘 보니 임 사제를 향하는 눈빛에 적대감이 강하네."

각자의 말을 들은 임사균이 고개를 끄덕이며 말했다.

"그렇다면 사형제들 중에서는 청 사형과 장 사형, 윤 사형, 곽 사형. 사질들 중에서는 네 사람 정도군요."

"그렇다고 봐야지."

"그러면 각자 나눠서 처리를 하도록 하지요. 모두들 믿을 수 있는 제자들을 이끌고 흩어져서 자리를 잡도록 하십시오. 그리고 청 사형은 반드시 잡아야 합니다. 그가 문을 나설 때 정리한 전표들을 모두 가지고 있으니 절대 놓쳐서는 안 됩니다."


조르르.

동굴의 가장 안쪽, 암벽의 동굴 벽면의 작은 구멍에서 흘러나온 물줄기가 그 아래 웅덩이를 향해 떨어지며 잘게 물이 부서지는 소리를 울린다.

웅덩이에 고인 물의 수면은 항상 똑같은 것으로 보아, 웅덩이 바닥에 다시 지하를 통해 흐르는 수로가 있는 모양이었다.

이석약은 그 웅덩이 앞에 쪼그리고 앉아, 우두커니 흘러내리는 물줄기를 바라보았다.

'이래서는……'

그때, 뒤에서 급한 발소리가 들렸다. 슬쩍 뒤를 돌아보니, 사숙인 청이문과 그의 두 제자가 뛰듯이 다가오고 있었다. 그런데 세 사람의 표정이 심상치가 않다.

"사숙, 무슨 일이 있나요?"

이석약의 물음에 청이문이 다급한 목소리로 말했다.

"일이 이상하게 돌아가고 있다."

"네?"

"임 사제가 뭔가 일을 벌일 모양이야."

"그, 그게 무슨 말이죠?"

이석약이 언뜻 이해가 가지 않은 표정으로 물었다.

"임 사제가 결국 장문인 자리에 대한 욕심을 현실로 만들 생각인 듯하구나."

"그, 그 말씀은?"

이석약이 이해할 수 없다는 표정으로 급히 물었다. 아니, 이해를 못한 것이 아니라, 받아들이기 힘든 이야기. 임사균이 평소 자신에게 불만이 많기는 했지만, 그래도 사부인 도제경이 어찌 됐는지도 모르는 상황에서 이런 일을 벌일 거라고는 생각지 못한 탓이다.

청이문이 크게 심호흡을 한 후 한껏 목소리를 낮춰 말했다.

"반역이다."

"흡!"

예상했던 결론에 이석약이 저도 모르게 숨을 멈췄다. 청이문이 연신 뒤를 돌아보며 급하게 말했다.

"이렇게 이야기를 나누고 있을 때가 아니다. 한시라도 빨리 움직여야 해."

"움직이다니요?"

"우리가 먼저 치자는 말이다. 우리가 이렇게 움직일 것은 예상하지 못할 테니, 먼저 움직여야 한다."

하지만 이석약은 냉정한 얼굴로 고개를 저었다.

"안 돼요."

"안 돼다니?"

"승산이 너무 없어요. 우리가 기습한다고 해도, 임 사숙 쪽에서 이미 움직일 생각을 한다면 기습도 대비를 하고 있을 게 분명해요. 수적으로도 심각한 열세인데다, 문파 내에서 무공으로 임 사숙을 누를 수 있는 사람이 없어요."

이석약의 냉정한 평가에 청이문의 얼굴이 절로 일그러

졌다. 그 역시 비슷한 생각을 했지만, 이 정도로 냉정하게 평가해 버리니 아무런 승산이 없다는 것이 현실로 다가온 것이다.

"그럼 어떻게 하자는 것이냐?"

"피하는 수밖에 없어요."

"으음!"

청이문이 신음을 집어삼켰다. 현실적으로는 그게 가장 현명한 판단이었다. 하지만 오랫동안 이어져 온 명도문이, 자신의 사제로 인해 끝이 날 수도 있다는 생각을 하니 도저히 이석약의 말에 동의를 할 수가 없었다.

"하지만 피한다고 해결될 일이⋯⋯."

청이문이 뭐라 말을 하려 했지만, 이석약이 재빨리 그 말을 끊었다.

"사부님은 아마 무사할 거예요. 그러니 지금은 일단 몸을 피하도록 해요."

"그, 그게 무슨 말이냐?"

오왕부에 들어간 후 소식이 끊겼다. 그 후, 관부에서는 명도문 본산을 완전히 봉쇄했다. 그런데 도제경이 무사할 거라니.

"일단 나중에 설명해 드릴게요. 지금은 몸을 피하는 것이⋯⋯."

그때였다.

"쳐라!"

동굴 안에 쩌렁쩌렁 메아리치는 호통.

차앙!

날카로운 금속성과 함께 동굴 안에 파공성이 휘몰아쳤다.

"제길, 늦었다! 움직여라!"

청이문이 버럭 소리를 지르며 급히 땅을 박찼다. 뒤이어 청이문의 두 제자 정삼영과 장대운, 그리고 이석약이 몸을 날렸다.

파바박!

급박한 발소리와 함께 일월쌍도를 뽑아 든 청이문의 눈동자가 빠르게 전방을 훑는다.

'일곱!'

이쪽을 향해 달려오는 이는 모두 일곱. 청이문 또한 문파 내에서 무공으로는 한 손으로 꼽을 수 있는 실력자였다. 하지만 마주 달려오는 이들의 선두에 임사균이 있다는 것이 문제.

"임 사제, 결국 이런 식으로 배덕의 길로 들어서겠다는 건가!"

임사균이 코웃음 치며 대답했다.

"문파의 기강과 규율을 잡는 거요!"

까아앙!

두 사람의 양손에 들린 두 쌍의 일월쌍도가 허공에서 얽히며 사방으로 불꽃이 튄다.

동시에 마주 선 두 사람 곁으로, 이석약과 정삼영, 장대운이 스쳐 지나갔다.

"문파의 역도들을 징치하라!"

임사균이 버럭 소리를 지르고 요란한 쇳소리가 사방으로 메아리쳤다.

어두운 공간에 두 자루 길고 짧은 칼날이 시퍼런 빛을 머금는가 싶더니, 호쾌한 궤적을 그린다.

슈아악!

거센 바람을 끌어안은 쌍도가 이석약의 양 어깨를 향해 떨어졌다. 이석약의 양손에서도 시린 빛이 번뜩이더니, 어느새 떨어지는 칼날을 향해 솟구쳤다.

꽈앙!

묵직한 금속음이 동굴 전체를 휘어 감는다.

뒤이어 황급히 뒤로 물러선 전규백이 당혹스러운 외침을 터트렸다.

위에서 아래로 내려친 전규백이 오히려 양쪽 어깨에 뼈근한 통증을 느끼며, 떨어져 내리던 신형이 반발력으로 오히려 움찔 튀어 오를 정도였다. 게다가 방금 울린 소리는, 단순히 칼과 칼이 부딪치는 것으로는 나올 수 없는 소리. 도기와 도기가 만났을 때만 나올 수 있는 묵직한 소음.

"석약이 네가 언제!"

"예전의 제가 아닙니다!"

이석약이 날카로운 목소리로 대답하며 전신을 튕기듯 앞으로 몸을 날렸다.

절왜관에서 지냈던 지난 몇 개월, 이석약은 쉴 새 없이 왜구들과의 전투를 경험했다. 그런 치열한 경험은, 깨달음으로는 알 수 없는 익숙함이라는 진전을 만드는 법. 그러니 일류에 머물던 이석약이 어느새 절정의 경지에 오른 것은 당연한 일이었다.

하지만 처주무련에 불만을 품고, 절왜관으로 걸음을 하지 않던 이들에게는 당혹스러울 수밖에 없는 상황.

콰콰콰!

한껏 바람을 머금은 이석약의 일섬도가 세찬 원을 그리며 전규백을 압박해 들어갔다.

"큭!"

이석약의 사나운 기세에 전규백이 연신 뒷걸음질 쳤다.

'크윽, 이게 정말 본문의 무공이란 말인가?'

이석약이 펼치고 있는 도법은 분명 명도문의 독문무공인 일월삼십육섬이었다. 그런데 낯설다. 평생을 수련하고 가르쳐 온 도법, 눈을 감고 소리만 들어도 알아차릴 수 있을 만큼 잘 알고 있는 초식들인데 전규백에게는 너무나 생경한 느낌으로 다가왔다.

일월삼십육섬은 원래도 강맹하고 저돌적인 도법이었다. 그런데 그것이 이석약의 손에서 펼쳐지자, 저돌적인 성향을 넘어 사나운 도법으로 탈바꿈해 있었다.

꽝, 꽈앙!

세찬 폭풍 같은 이석약의 도격에, 전규백의 전신이 갈대처럼 휘청이며 연신 뒤로 밀려났다.

그때였다.

"끄악!"

답답한 외침이 이석약의 귀를 두드렸다. 깜짝 놀라 고개를 돌린 이석약의 눈에, 가슴팍에서 피를 콸콸 쏟아 내고 있는 장대운의 모습이 담겼다. 그리고 청이문과 정삼영 또한 위태로운 상황.

하지만 지금 상대하고 있는 이는 사부와 같은 항렬의 전규백. 한눈을 팔고도 이길 수 있는 상대가 아니었다.

휘이잉!

이석약이 보인 찰나의 빈틈, 그것을 놓칠 리 없는 전규백의 반격이 날아들었다.

이석약이 두 눈에서 시퍼런 안광을 번뜩이며 깊숙이 한 걸음을 내디뎠다. 그리고 왼손의 운월도를 역수로 잡아 팔뚝에 대고는 다시 한 걸음.

꽈아앙, 으득!

왼쪽 팔뚝에서 시작해 몸의 왼쪽 반신을 휘젓는 무지막지한 통증. 하지만 이석약은 다시 한 걸음 내디뎠다.

까드득!

한껏 이를 악물고 그대로 일섬도를 뿌렸다.

쑤아앙!

세 번의 발걸음은, 세 번의 진각. 그것을 통해 응축된 기운이 그대로 일섬도에 실렸다.

"협!"

전규백의 입에서 실성이 터졌다. 이석약이 역수로 칼등을 팔뚝에 대고 막는 것은 보았다. 하지만 그 순간 귓전을 두드린 소리, 그리고 손으로 느낀 감각은 이석약이 최소한 뼈에 금이 갔을 정도의 타격을 입었다는 것을 알려 주고 있었다.

그런데 느닷없이 어마어마한 압력이 밀려드니 당황하는 것이 당연한 일.

전규백이 기합을 터트리며 일월쌍도를 교차했다. 그리고 격돌하는 세 자루의 칼.

까아앙, 츠컥!

"끄악!"

날카로운 쇳소리에 이어 메아리치는 높은 비명.

"이, 이년이!"

왼쪽 어깨가 절반이 갈라져 나간 전규백이 악에 받친

목소리로 외쳤다. 하지만 이석약은 그 자리에 없었다.

휘이잉!

이석약의 일섬도가 다시 한 번 허공을 갈랐다. 세찬 바람이 이석약의 일섬도를 휘감으며 그대로 임사균의 등판을 노렸다.

"어림없다!"

임사균이 버럭 소리를 지르며 재빨리 땅을 박차고 피하는 찰나, 이석약이 청이문의 팔을 당기며 외쳤다.

"잠시 눈을 감아요!"

"음!"

깜짝 놀란 청이문이 반사적으로 몸을 물리며 두 눈을 감는 순간, 이석약은 동굴 벽쪽을 향해 몸을 날리고 있었다. 정확하게는 벽에 걸린 등잔.

쉬익!

짧은 파공성과 동시에 동굴 내부가 깜깜하게 변했다. 희미하게 빛이 보이는 방향은, 입구 쪽인 공동이 있는 곳.

인간의 시력은, 갑작스러운 어둠에 급격하게 약해지는 법. 그리고 그 어둠에 적응하는 데는 약간의 시간이 필요했다.

이석약이 지금 노린 것이 바로 그것이었다. 임사균 등의 시야를 일시적으로 가리고 몸을 빼는 것. 한편으로는 이곳을 탈출하기 위한 준비이기도 했다.

이석약이 다시 한 번 청이문을 잡아당기며 나지막이 말했다.

"불을 끄세요."

"아!"

청이문도 금세 고개를 끄덕였다. 동굴 입구는 원해암 암자로 막혀 있었다. 일절 빛이 들어오지 않는 상황에서, 등잔을 모두 꺼 버리면 동굴 안은 암흑천지가 된다.

내공에 의지해 어느 정도 분간을 할 수는 있겠지만, 단번에 피아를 식별할 수는 없었다. 게다가 이번 일에 직접 행동하지 않는 문도들이 더 많은 상황이니 함부로 칼을 휘두를 수도 없었다.

불을 끄는 것이 그나마 이곳을 벗어날 수 있는 유일한 방법이었다.

"서둘러 정 사제를 구하세요."

눈을 감고 있는 상황에서 맞이하는 어둠은, 눈을 뜨고 있을 때보다 훨씬 빠르게 적응할 수 있는 법이었다. 임사균 등 적들보다 더 빨리 어둠에 적응한 청이문의 두 눈이, 갑작스러운 어둠에 비틀거리고 있는 제자를 발견했다.


"무슨 짓이오!"

"사숙!"

"이놈, 사문에 반기를 드는 것이냐!"

호통과 비명이 난무하고, 날카로운 쇳소리가 울리며 붉은 피가 동굴 가운데 자리한 공동의 벽을 적셨다.

삼삼오오 흩어져 격렬한 혈전이 벌어지는 광경에, 상황을 이해하지 못한 명도문 제자들이 싸움이 없는 쪽 벽 구석에 모여 당혹스러운 표정을 짓고 있었다.

그때 공동 안에 쩌렁쩌렁 울리는 날카로운 외침.

"눈을 감아요!"

동시에 날렵한 신형 하나가 공동을 크게 맴돈다.

쉭, 쉭, 쉭!

갑작스레 울리는 세 번의 파공성. 그리고 세 번째 파공성과 함께 공동은 순식간에 완전한 암흑으로 휩싸였다.

유일한 빛은, 해원암으로 막혀 있는 입구 쪽에서 들어오는 가느다란 빛줄기.

"밖으로 뛰어요!"

두 번째 이석약의 외침이 터졌다.

처음 눈을 감으라는 외침이 이석약의 목소리라는 걸 눈치챈 이들. 이석약에게 호의적이었던 이들은, 외침이 들리는 순간 반사적으로 몸을 물리며 눈을 감고 있었다.

당연히 입구 쪽에서 스며들어 오는 가느다란 빛을 확인하는 것도 다른 이들보다 빠를 수밖에 없었다.

뒤이어 공동으로 뛰어든 청이문이 큰소리로 외쳤다.

"일단 나갑시다!"

싸우기에는 중과부적. 이럴 때는 피하는 것이 상책이었다.

이석약을 지지하던 명도문 제자들이 일제히 동굴 입구 쪽을 향해 달리기 시작했다. 공동 입구에서 안쪽 상황을 살피던 이석약 역시 곧장 입구 쪽으로 뛰었다.

숨 가쁘게 달린 이석약이, 원해암의 벽으로 막힌 입구를 향해 일섬도를 휘둘렀다.

와지끈!

나무로 된 벽이 산산조각 나며 요란한 소리가 울리는 순간.

"끄악!"

뒤쪽에서 단말마의 비명이 터졌다.

"헉!"

깜짝 놀라 몸을 멈춘 이석약이 고개를 돌리니, 이쪽으로 달려오는 청이문과 눈이 마주쳤다. 동시에 청이문의 눈에 또다시 안타까운 빛이 스쳤다. 하지만 지체할 때가 아니었다.

"그냥 뛰어라!"

적들 중 가장 먼저 시력을 회복한 임사균이 곧장 뒤따르는 바람에, 늦게 움직이기 시작한 다른 동문들이 결국 공동을 빠져나올 수 없었던 것이다.

"크윽!"

이석약은 왈칵 솟구치는 눈물을 애써 참은 채 그대로
밖을 향해 내달렸다.


"헉, 허억!"

가쁜 숨을 몰아쉰다. 이 정도로 숨이 가쁜 상황에서,
무인이라면 코로 깊이 호흡을 해 숨을 가라앉히는 것이
당연한 반응이었다. 하지만 그런 생각도 못할 정도로, 그
저 몸이 이끄는 대로 어깨를 들썩이며 숨을 쉴 정도로 지
쳐 있었다.

커다란 바위 틈에 거의 몸을 구길 듯 밀어 넣고 있는
이는 모두 세 사람. 동굴에서 무사히 탈출한 사람이 겨우
그 정도밖에 없다는 뜻이었다.

그렇게 한참 동안 가쁜 숨을 몰아쉰 후에야, 거칠던 숨
소리가 차분하게 가라앉았다.

하지만 이석약과 청이문, 정삼영 세 사람은 여전히 어
깨를 들썩이고 있었다.

"크윽!"

누구 하나 말은 하지 않지만, 세 사람의 눈에서는 동시
에 굵은 눈물이 볼을 타고 흘러내리고 있었다.

동굴 안에서 공격을 받았던 이는, 이석약을 포함해 모
두 여덟 명. 백여 명의 문도들 중 여덟 명, 거기에 아까처
럼 불을 꺼 적의 의표를 찌른 상황이라면 모두 살아서 나

올 수 있는 가능성도 있었다. 하지만 그러지를 못했고, 그렇기에 더욱 안타깝고 분한 것이다.

세 사람 중 가장 냉정하고 이성적인 이석약조차도 감정을 주체하지 못하고 있었다.

하지만 이대로 마냥 울고만 있을 때가 아니었다.

이석약은 눈물을 훔치며 애써 마음을 진정시켰다.

"사숙, 아직 안전한 게 아니니 어서 움직여야 해요."

"아니다. 이곳의 지리를 나만큼 잘 아는 사람은 없다. 아마 더 이상은 찾지 못할 것이다."

"그렇다면 안심입니다만……."

정삼영이 애써 미소를 지으며 이석약을 안심시켰다.

"걱정 마십시오, 사저. 영봉과 선단봉, 그리고 학운봉까지 넘어왔습니다. 그리고 이곳은 지난번 사부님과 제가 우연히 찾은 곳이니 발견될 일은 없을 겁니다. 그런데……."

정삼영이 말끝을 흐리며 이석약의 왼팔을 가리켰다.

"괜찮은 겁니까?"

전규백의 도격을 막았던 왼팔이 퉁퉁 부어올라 있었다. 이석약이 왼쪽 팔뚝을 조심스레 어루만지며 살짝 인상을 찡그렸다.

"부러지지는 않았지만, 아마 금이라도 간 것 같아."

그 말에 정삼영이 크게 놀란 얼굴로 사방을 두리번거렸다.

"이, 일단 부목이라도 대야지요."

혹시나 하는 생각에 주변을 살핀 정삼영이, 사방으로 움직이며 부목으로 쓸 만한 나뭇가지를 찾았다. 그리고 제 옷을 찢어 이석약의 왼팔에 부목을 댔다.

그러는 사이, 어느 정도 마음을 진정시킨 청이문이 이석약을 향해 물었다.

"그런데 석약아."

"예, 사숙."

"아까 네가 했던 말. 장문 사형이 무사할 거라고 했던 그건 무슨 뜻이냐?"

"후우!"

깊게 심호흡을 한 이석약이 차분하게 이야기를 시작했다.

"이번 일련의 상황은 뭔가 앞뒤가 맞지 않아요."

"음?"

청이문이 고개를 외로 꼬며 이석약을 보았다. 그가 생각하기에 앞뒤가 안 맞는 것은 없으니 의문을 표하는 것이 당연한 반응.

"어떤 모종의 이유로 오왕부에서 처주무련을 제거하기로 마음먹었다고 생각한다면, 눈에 보이는 상황만 볼 때는 크게 이상한 것이 없어요."

"그럼 뭐가 이상하다는 말이냐?"

"거기에 담기령이라는 인물을 집어넣으면 이상해진다는 거죠."

"담기령?"

청이문이 반사적으로 고개를 외로 꼬며 이석약을 보았다. 정삼영 또한 이해가 안 가는 듯 궁금한 표정을 지어 보인다.

"그전에 또 한 가지 조금 이상한 것도 있어요. 그것부터 말씀 드릴게요."

"그래, 말해 보아라."

"관부에서 절왜관과 우리 명도문 본문을 봉쇄했다는 건, 어떤 의미든 우리를 적대적으로 대하고 있다는 뜻이지요."

"그렇지."

"그런데 왜 우리를 쫓거나, 찾는 모습은 보이지 않을까요?"

"흐음, 듣고 보니 이상하구나. 용모파기를 붙이는 정도도 하지 않았지."

이석약이 고개를 끄덕이며 설명을 이었다.

"거기에 담기령이라는 인물을 넣어 보세요."

"담 관주가 어쨌다는 말이냐?"

"청 사숙도 아시잖아요. 담 관주가 어떤 사람인지."

하지만 청이문도 정삼영도 어떤 뜻으로 하는 말인지 감

을 잡지 못했다.

"담 관주는, 위험한 상황이라면 혼자서라도 그 자리를 피할 사람이에요."

"음? 하지만 그 자리에는 담 관주의 춘부장, 담고성 련주도 있지 않느냐? 아버지가 잡히는데 아들이 혼자서만 몸을 빼겠느냐? 그리고 오왕부의 무력이라면 혼자서 몸을 빼는 것도 힘들 것이다."

일단은 반박해 보는 청이문이었지만, 얼굴에는 그다지 자신감이 보이지 않는다.

"담 관주는, 같이 잡힐 바에야 혼자서라도 위기를 피하고 다시 구하는 것이 낫다고 판단할 사람이에요. 그리고 담 관주 혼자서라도 도망친다면, 일단 잡힌 사람들의 목숨을 함부로 해하기 힘들게 되기도 하죠."

일단 담기령이라도 도망친다면, 나머지 사람들은 인질로서라도 가치가 있기에 함부로 목숨을 앗을 수는 없게 되는 것이다.

"그래. 항상 냉정하게 판단을 내리는 담 관주라면 그랬을지도 모르겠구나."

"그리고 담 관주의 무공이 있어요. 난전 상황에 가장 빛을 발하는 담 관주의 무공이라면, 꽤 손해를 입더라도 탈출하는 것은 가능했을 거예요."

"듣고 보니 그렇구나. 그렇다면 네가 하고 싶은 말이?"

"어떤 목적을 위해서, 외부에서는 우리가 궁지에 몰린 걸로 보이게 할 필요가 있었던 건 아닐까 하는 거죠."

이석약의 결론에 청이문이 두 눈을 뜨며 물었다.

"즉, 일부러 우리가 몸을 숨기고 은밀하게 행동하기 위해서였다는 말이냐?"

"그렇게 생각을 하면, 관부에서 명도문 본산을 봉쇄하는 것이 어쩌면 비어 있는 그곳을 보호하기 위해서라는 판단도 가능해지죠."

"흐음……."

청이문이 한층 더 안타까운 표정을 지어 보였다. 만약 이석약의 말이 맞다면, 무엇인지 모를 그 목적을 위해 진행한 일이 명도문 내부의 반역을 일으킨 단초가 되었다는 뜻이 아닌가.

그런 청이문의 생각을 읽은 이석약이 고개를 내저었다.

"임 사숙은 이번이 아니라도 분명 언젠가는 이런 일을 저질렀을 거예요. 예상 외로 임 사숙과 함께 칼을 든 사숙, 사백들이 많다는 것만 봐도……."

이석약이 일순 어두운 표정을 지었지만, 이내 애써 눈빛을 가라앉혔다.

"그래, 네 말대로 장문 사형이 무사하다면 그것만으로도 다행일 수 있겠구나. 그렇다면, 우리는 이제 구주부의 현현객잔으로 가야겠구나."

하지만 이석약은 이에 대해서도 고개를 저었다.

"일단은 저자로 가서 상황을 살피도록 해요. 임 사숙도 우리가 구주부로 갈 거라는 정도는 예상할 거예요. 다시 말해 추격의 위험이 있으니, 좀 더 상황을 살핀 후에 움직이는 것이 좋아요."

"듣고 보니 그렇구나. 알았다. 그럼 일단은 움직이기로 하자꾸나."

쏴아아아!

사위가 어둠에 물든 깊은 밤. 시커먼 바닷물이 쉴 새 없이 너울을 만들며 출렁인다.

그리고 그 파도 위에 위태롭게 움직이는 한 척의 뗏목. 뗏목 위에는 복면을 뒤집어쓴 사내가 노를 저으며 연신 사방을 살피고 있었다.

별도 보이지 않는 어두운 밤바다 위에 뗏목을 띄운다는 것은, 말 그대로 자살과 다름없는 행위였다. 하지만 노를 젓는 사내의 손길은 조금의 망설임도 보이지 않았다.

그렇게 한참 동안 노를 저으며 쉴 새 없이 고개를 돌리던 복면인의 시선이 갑자기 한 곳에 멈췄다. 그리고 그 시선이 향한 곳에 보이는 것은, 느리게 점멸하고 있는 한 줄기 불빛.

복면인은 한층 바쁘게 노를 저어 빠르게 불빛을 향해 다가갔다.

끊임없이 오가는 너울로 인해 뗏목은 연방 위아래로 출렁거렸지만, 끝내 불빛이 있는 곳에 다다를 수 있었다.

불빛이 점멸하고 있는 곳에 자리 잡고 있는 것은, 한 척의 안택선.

복면인은 위태롭게 출렁이는 뗏목 위에서도 가볍게 몸을 솟구쳐, 안택선의 갑판에 내려섰다. 동시에 바닷물에 잠겨 있던 안택선의 닻줄이 감겨 올라오고 있었다.

그리고 그런 안택선을 노려보고 있는 또 하나의 시선이 있었다.

"후우, 결국 찾았군!"

초겨울의 차디찬 바닷물에 몸을 담그고 목만 내민 채 안택선을 노려보는 이는, 바로 담기령이었다.

"끄윽!"

바람을 잔뜩 집어넣은 두 개의 돼지 오줌보를 몸에 묶은 채 뗏목의 주인, 선평현에서부터 추적해 온 왜구의 접선책을 쫓아왔던 것이다.

담기령이 피곤이 가득한 목소리로 중얼거렸다.

"이제 좀 편히 갈 수 있겠군."

아무리 초절에 이른 담기령이었지만, 초겨울의 한기와

쉴 새 없이 밀려드는 너울을 헤치고 여기까지 쫓아왔으니 기력이 떨어지는 것이 당연한 일이었다.

재빨리 양팔을 저어 물살을 헤친 담기령은, 급히 안택선의 선미 쪽 난간을 향해 몸을 날렸다.

그리고 왜구의 접선책과 담기령을 실은 안택선은 힘차게 바닷물을 갈랐다.

5장
복귀도(伏龜島)

"아버지와 형님은 도대체 어찌 되신 건지⋯⋯."

허름한 객잔의 객방, 담기명이 근심 가득한 얼굴로 중얼거렸다. 그런 담기령을 향해, 유춘이 조심스레 입을 열었다.

"이 공자님."

뭔가 할 말이 있는 듯한 목소리에 담기명이 유춘에게로 시선을 옮겼다.

"말하시오, 유 탁사."

"이 학사님과 제가 지금 상황에 대해서 이야기를 해 봤는데 말이지요."

유춘은 묘하게 자신감이 없는 목소리로 말끝을 흐리더

니, 쉬이 뒷말을 꺼내지 못했다. 그런 유춘의 모습에 궁금해진 담기명이 다음 말을 재촉했다.

"어서 말을 해 보시오."

"음, 그게 말이지요."

하지만 유춘은 여전히 주저하며 말을 꺼내지 못했다. 그 모습에 답답해진 이세신이 불쑥 끼어들었다.

"거 참, 분명하다니까. 뭘 그리 주저하시나?"

이세신의 타박에 유춘이 억울한 표정으로 항변했다.

"그, 그거야 그렇겠지만 혹시라도 우리 생각이 틀리면 공자님한테 괜한 기대만 심어 줄 수도 있잖습니까?"

가만히 이야기를 듣고 있던 담기명이 다급히 말했다.

"괜한 기대라니? 그게 무슨 말이오?"

결국 주저하는 유춘을 대신해 이세신이 입을 열었다.

"가주님과 소가주님은 아마 멀쩡하실 겁니다."

"정말이오?"

반색하며 다급한 반응을 보이는 담기명을 향해, 이세신이 진정하라는 듯 두 손을 가볍게 들어 올리며 말했다.

"아직 확신할 수 있는 것은 아닙니다. 하지만 뭔가 좀 앞뒤가 안 맞는 거 같아 이야기를 해 보니, 왠지 지금의 상황이 의도된 것이 아닌가 하는 생각이 들더군요."

"의도된 상황이라면?"

"소가주님에 의해 의도된 상황 말입니다."

"자, 자세히 말해 보시오!"

이세신이 고개를 끄덕이며 설명을 시작했다.

처음에는 모두의 시선을 끌며 과한 느낌까지 주었던 관부의 움직임이 갑자기 잠잠해진 것과 오왕부에서 변을 당했다면 담기령은 분명 혼자서라도 몸을 뺏을 거라는 점에 대한 설명이었다.

담기명이 천천히 고개를 끄덕였다.

"형님이라면 분명……."

담기명은, 담기령의 냉정함에 때때로 비정한 느낌까지 받은 적이 있었다. 철저하게 이성적이고 냉철한 판단하에 움직이는 담기령이라면 분명 혼자서라도 빠져나왔을 게 분명했다.

"그리고 형님께는 흑야와 창월까지 있으니……."

흑야와 창월이, 담기령의 양팔을 감싸고 있는 비구라는 사실을 알고 있는 담기명이었다. 그리고 흑야와 창월만 있다면, 혼자서라면 어떻게든 몸을 뺄 수 있으리라.

담기명이 안도의 한숨을 내쉬며 두 사람에게 말했다.

"이 학사와 유 탁사. 덕분에 마음이 한결 편해졌소."

"너무 기대는 하지 마십시오. 나중에 저희 생각이 틀렸을 때 원망하시면 저희가 곤란합니다."

말은 그렇게 하지만 이세신의 얼굴에는 꽤 여유가 있었다. 그만큼 자신들의 생각에 확신을 가지고 있다는 뜻이었다.

하지만 유춘은 여전히 불안감이 가시지 않은 표정이었다.

"너무 그렇게 확신만 할 수는 없습니다. 그러니 만약 우리 생각이 틀렸을 경우도 생각해야 합니다."

이세신이 바로 얼굴에서 웃음기를 지우며 고개를 끄덕였다.

"물론 그것도 필요한 일이지."

부형이 무사할 수도 있다는 말에 안정을 찾았는지, 담기명도 한층 침착한 표정으로 대화에 참여했다.

"정말 처주무련과 담씨세가가 관부의 표적이 되었다면, 앞으로 우리는 어찌해야 좋을 것 같소?"

"일단은 다른 지역으로 가는 걸 생각해야 합니다."

"다른 지역이라면? 그럼, 전답과 객잔, 은광까지 모두 포기해야 한다는 말이오?"

"아마 그럴 겁니다. 세가의 대부분 재산은 관에서 몰수할 테니 어쩔 수 없지요."

유춘이 급히 끼어들었다.

"그래도 고 총관님이 은자와 전표로 바꿀 수 있는 재산을 챙겨 올 테니 자금은 걱정하지 않아도 될 겁니다."

이세신이 고개를 끄덕이며 유춘의 말을 받았다.

"자금이 있고, 움직일 수 있는 어느 정도의 무인이 있고, 이 공자님이 있습니다. 기본적으로 어딘가에 자리를 잡을 수 있는 바탕은 가지고 있다는 의미지요."

"남은 것은 어디로 갈 것인가, 그리고 앞으로 무엇을 할 것인가 하는 겁니다."

"어쨌든 담씨세가는 무림세가입니다. 상황이 어찌 되든 마지막까지 남아서 이 공자님을 따를 사람들 또한 무인들입니다. 그러니 다른 무언가를 할 수는 없습니다."

"아니요. 제 생각은 다릅니다. 꼭 무림에 속할 필요는 없지 않을까요? 게다가 관에서 담씨세가를 쫓고 있다고 가정한다면, 그런 식으로 우리를 드러내는 것은 좋지 않습니다. 차라리 상단을 만들거나, 조용히 장원을 꾸리는 정도가 좋을 것 같습니다."

"어차피 중원은 넓습니다. 충분히 먼 곳으로 간다면 굳이 우리를 주시할 사람은 없을 겁니다."

이세신과 유춘이 주거니 받거니 하며 하는 말에 담기명은 깊은 고민에 잠겼다. 두 사람 모두 옳은 말을 하고 있으니, 쉬이 결정할 수가 없는 것이 당연한 일.

그러다 다른 곳에 생각이 미친 담기명이 조심스레 물었다.

"처주무련의 다른 방파들도 생각해 봐야 되지 않겠소?"

담씨세가의 주도로 결성된 처주무련이었다. 담기명으로서는 어느 정도 책임감을 느낄 수밖에 없는 부분.

이번에도 역시 이세신과 유춘이 번갈아 입을 열었다.

"물론 생각은 해 봐야 합니다만, 그들은 그들 나름의 생각을 가지고 있을 겁니다. 그렇다면 일단은 우리가 앞으로 할 일에만 집중하는 것이 좋을 듯합니다."

"아니요. 한 번 생각해 봐야 합니다. 구주부 현현객잔으로 오는 방파가 있다면 그들은 끝까지 우리와 함께하겠다는 생각을 하고 오는 게 아니겠습니까?"

"그래도 어차피 결과는 같습니다. 그들이 우리와 함께 할 생각을 하고 있다면, 더욱더 앞으로의 대책을 제대로 세워 놔야 합니다. 그래야만 그들을 이끌 수 있지 않겠습니까?"

한 사람은 원론에 입각해서, 또 한 사람은 최대한 다양한 관점에서 제 의견을 말해 준다. 처음 이런 상황을 맞이하면 상반된 관점에서 나오는 이야기에 혼란스러울 수도 있었다. 하지만 담기명은 처주부 부도의 평원장에서 계속 이런 상황을 겪어 왔기에 이미 익숙해져 있었다.

"앞으로 무엇을 할지는 다른 방파들과 함께 논의하는 것이 좋을 듯하오. 그러니 우선은 최악의 경우 어디로 몸을 피할지만 생각을 하기로 합시다. 구주부까지는 앞으로 이틀을 더 가야 하니, 가는 동안 좀 더 의견을 나눠 보고 적당한 곳을 고르도록 합니다."

담기명이 확고한 표정으로 결정을 내리자, 이세신과 유

춘도 고개를 끄덕이며 동시에 대답했다.

"알겠습니다."

"그럼 오늘은 밤이 늦었으니, 내일 또 이야기하도록 합시다."

"예, 공자님."

❖❖❖

"겨울로 접어들었는데도 왜구들의 움직임이 잠잠해질 생각을 않는군요."

하세견의 말에 백무결이 천천히 고개를 끄덕였다.

"처주무련과 우리가 놈들의 움직임을 방해한 덕분이 아니겠소?"

약탈로 삶을 꾸려 가는 집단들이 가장 기승을 부리는 때는 당연히 수확이 많은 가을이었다. 왜구들 또한 가을로 접어들면 기를 쓰고 절강과 복건 곳곳을 약탈해 댔었다.

하지만 올해는 처주무련과 의천단의 활약으로 인해, 생각보다 많은 얻은 것이 없는 탓에 겨울로 접어들었음에도 기세가 사그라지지 않은 것이었다.

"하하, 그렇지요. 이게 다 단주를 중심으로 우리 의천단이 똘똘 뭉친 덕분이 아니겠습니까?"

하세견이 환한 얼굴로 말을 했다. 하지만 백무결의 표정을 그리 밝지가 않았다.

"처주무련이 어찌 됐을지 걱정이오."

오왕부에서의 일과 처주무련의 상황에 대해서는 이미 소문이 파다하게 퍼져 있었다. 백무결로서는 걱정이 되는 것이 당연한 일.

"어차피 그들과 우리는 별개였습니다. 도움을 받았다고는 해도, 그들도 그만큼 얻는 것이 있었지요. 그러니 너무 마음 쓸 것 없습니다."

백무결은 석연치 않은 표정을 지으면서도 고개를 끄덕였다. 그 모습에 하세견이 다시 한 번 강하게 자신의 생각을 말했다.

"단주께서 처주무련, 그리고 절왜관의 담기령 관주에 대해 각별하게 생각하신다는 것은 알고 있습니다. 하지만 처주무련이 저리된 상황에서 우리 의천단까지 모습을 숨기면 왜구들에게 고통받는 사람들은 누가 돕겠습니까?"

"알고 있소. 그러니 처주무련의 요청을 따르지 않은 것 아니겠소?"

왜구들에 의한 약탈은 가장 약자인 양민들을 고통스럽게 하는 일이었다. 그러니 그들을 위해 움직임을 멈추지 않고, 계속 의천단 본연의 일을 하는 것이 대의를 위한 일이었다.

반면, 처주무련과의 일은 백무결에게는 다분히 개인적인 의리에 대한 것이었다. 그러니 개인적인 감정보다는, 대의를 택하는 것이 백무결로서는 당연한 선택이었다.

다만, 개인적인 의리를 저버린 선택이니 마음이 편할 수만은 없었던 것이다.

"단주님의 뜻을 안다면, 담 관주 역시 그리 섭섭해 하지는 않을 것입니다."

백무결이 지금까지 보아 온 담기령은 협의나 대의보다는 개인적인 명리와 가문의 이름을 더 중시하는 편이었다. 하지만 모든 것을 도외시하며 제 이득만을 챙기는 사람은 아니었다. 적당히 대의와 이득을 조율해 가면 중심을 잡는 편이었다.

백무결이 무겁게 고개를 끄덕이며 말했다.

"너무 신경 쓰지 마시오. 약간 마음이 무거운 것뿐이니."

그때 문 밖에서 의천단 단원의 목소리가 들렸다.

"단주님, 명도문에서 손님이 찾아왔습니다."

"명도문?"

백무결과 하세견이 동시에 벌떡 자리에서 일어났다. 전혀 의외의 방문이었다. 처주무련이 그런 일을 당한 때에, 의천단은 다른 길을 택한 상황이었다. 그런데 처주무련 소속의 명도문에서 손님이 왔다니 머릿속이 복잡해질 수밖에.

애써 침착을 되찾은 백무결이 밖을 향해 말했다.

"손님을 모셔 오시오."

"예."

대답과 함께 밖에서의 발소리가 멀어지는 사이, 하세견이 두 눈을 가늘게 좁히며 말했다.

"명도문에서 무슨 일일까요?"

"모르겠소."

"그런데 한 번 상황을 따져 봐야 할 필요가 있습니다."

"상황을 따져 보다니?"

"처주무련은 지금 관에 쫓기고 있습니다. 그런 때에, 처주무련 소속인 명도문 사람과 우리가 함께 있다는 것은 어쩌면 우리도 위험해질 수 있다는 뜻입니다."

"으음!"

백무결이 저도 모르게 신음을 집어삼켰다. 듣고 보니 꽤 심각한 이야기였다. 관에 쫓기고 있는 명도문을 보호한다는 것은, 자칫하면 의천단의 입지를 좁히고 그들의 대의에 흠집을 만들 수 있는 일이었다.

잠시 생각을 정리한 백무결이 한껏 목소리를 낮춰 말했다.

"일단은 만나서 이야기를 들어 보도록 합시다."

"알겠습니다."

약간의 시간이 흐르고, 문이 열리며 누군가 방으로 들어왔다.

명도문의 청이문과 이석약, 그리고 정삼영이었다. 세 사람은 주로 절왜관에 머물렀었기 때문에, 백무결도 꽤 친분이 있었다.

"청 대협, 어서 오십시오. 일이 많으신 걸로 아는데 먼 걸음 하셨습니다."

청이문이 어두운 표정으로 고개를 끄덕이며 인사를 받았다.

"백 단주, 오랜만이오."

"일단 이리들 앉으십시오. 이 소저, 그 팔은?"

자리를 권하던 백무결이, 이석약의 왼팔에 댄 부목을 보고 깜짝 놀라 물었다.

"조금 다쳤습니다만, 큰 부상은 아닙니다."

이석약이 괜찮다는 듯 미소를 지어 보였다. 하지만 얼굴 전체에 잔뜩 그늘이 끼어 있었다.

모두 자리에 앉고, 함께 있던 하세견이 차를 내놓았다.

"처주무련의 소식은 들었습니다. 가능하면 처주무련과 함께 행동하고 싶었지만, 그리되면 왜구들의 약탈이 심해질 것 같아 그럴 수가 없었습니다."

아무래도 스스로 찔리는 부분이 있는 탓에, 백무결이 변명하듯 말을 꺼냈다.

청이문이 무거운 얼굴로 고개를 끄덕인 후 슬쩍 이석 약에게 시선을 돌렸다. 자신보다는 이석약이 이런 일에 는 더 능숙하다는 것을 알기에 그녀에게 맡기려는 것이 었다.

고개를 끄덕인 이석약이 말했다.

"그 부분은, 온전히 의천단과 백 소협의 판단이지요. 처주무련에서 이래라 저래라 할 부분은 아니라고 생각합 니다."

이석약의 말에 백무결의 얼굴이 한결 편안해졌다.

"헌데 명도문에서 이곳까지는 어쩐 일이십니까?"

현재 의천단은, 영파부 상산현 해안 쪽의 비어 있는 작 은 장원을 빌려 머물고 있었다. 상산현은 육지에서 불쑥 돌출된 곳으로, 북쪽으로 주산군도 인접해 있고 남쪽 해 안으로도 신속하게 움직일 수 있기에 정한 곳이었다.

하지만 명도문이 있던 처주부 청전현에서 이곳까지 오 려면, 배를 타고 영녕강을 따라 내려와 해안선을 타고 올 라와야 했다. 특별한 일이 없다면, 처주무련의 상황이 좋 지 않은 때에 이렇게 찾아올 리가 없는 것이다.

백무결의 물음에 이석약이 바로 대답하지 않고, 잠시 뜸을 들였다.

선도산의 은신처에서 빠져나온 후, 이석약은 들려오는 소문에 귀를 기울였다. 그러다가 알게 된 것이, 의천단의 활동 소식이었다.

혹시 모를 추격을 생각한다면, 구주부의 현현객잔으로 가는 것은 아무래도 위험했다. 그래서 친분이 있는 의천단에 잠시 몸을 의탁하는 것이 좋겠다는 판단으로 이곳까지 온 것이었다.

하지만 문파의 내분을 알리기 보다는, 어쩔 수 없는 상황이라는 쪽으로 말하기로 의견을 모았었다. 물론, 적당한 핑계도 만들어 두었다. 하지만 막상 말을 하려니 쉬이 입이 떨어지지 않은 것이다.

잠시 숨을 고른 이석약이 차분하게 말했다.

"관에서 쫓기던 중에 준비해 두었던 은신처를 발각당했습니다. 경황 중에 문도들이 흩어졌고, 저는 부상까지 입은 상황이 되었습니다."

처주무련 각 방파의 상황에 대해서는, 더 이상 별다른 이야기가 돌지 않고 있었다. 그러니 이 정도 이유라면 적당히 받아들여지리라 생각한 것이었다.

"그랬군요. 하지만 처주무련은, 구주부에서 따로 모이기로 하지 않았습니까?"

"현재 거기까지 갈 수 있는 여력이 없어서, 염치불구 의천단에 잠시 머물게 해 주었으면 해서 이렇게 찾아왔습니다. 구주부로는 아마 사문의 사숙께서 가실 듯합니다."

백무결이 무거운 얼굴로 고개를 끄덕였다.

"동문들에 대한 걱정이 크겠군요."

"지금으로서는 상황을 살피며 기다리는 수밖에 없을 듯합니다."

"알겠습니다. 일단 이곳에 머물면서 요양을 하십시오."

그때 하세견이 대화에 불쑥 끼어들었다.

"헌데, 제가 한 말씀 드려도 괜찮겠습니까?"

백무결과 이석약이 동시에 고개를 끄덕이고, 하세견이 곧바로 입을 열었다.

"처주무련과 우리 의천단의 관계를 생각하면, 세 분을 도와드리는 것은 당연한 일입니다."

이석약이 살짝 고개를 저으며 말했다.

"당연하다고 생각하지 않습니다. 받아 주시니 고마울 따름이지요."

"하지만 그와는 별개로 세 분께 부탁드리고 싶은 것이 있습니다."

"말씀하십시오."

"너무 냉정한 말인 것 같습니다만, 어쨌든 세 분은 현재 관에 쫓기는 몸입니다."

"이유는 알 수 없습니다만, 분명한 사실이기는 하지요."

이석약을 비롯한 명도문 세 사람의 낯빛이 살짝 어두워졌다. 그것을 본 하세견이 급히 본론을 꺼냈다.

"다른 말씀을 드리려는 것은 아니고, 가능하면 세 분은 이곳 장원에서 밖으로 나서지 않으셨으면 해서 드리는 말씀입니다. 관에서 쫓기고 있으니 그러는 편이 세 분에게도 좋고, 저희도 곤란한 일을 당하지 않을 수 있으니까요."

그제야 이석약의 얼굴이 조금 밝아졌다.

"당연히 그리해야겠지요."

관의 눈을 피하는 것이 아니라, 동문의 눈을 피해야 한다는 것이 달랐지만 어쨌든 이석약으로서도 가능하면 몸을 숨기고 있어야 하는 상황이었다.

"따로 방을 마련해 드리겠습니다."

하세견이 그 말을 끝으로 방을 나섰다.

이석약이 백무결을 향해 다시 한 번 인사를 건넸다.

"어려운 부탁을 들어주셔서 감사합니다."

"별말씀을 다 하십니다. 요양 잘하시면서 편히 쉬십시오. 저희는 따로 처주무련의 소식을 알아보도록 하겠습니다."

"예, 감사합니다."

"으음……."

입에서 절로 신음이 새어 나왔다.

고통으로 인해서나 안타까움 같은 감정으로 인한 것이 아니다. 스스로의 아둔함에 대한 직책과 탄식이었다.

"이걸 어떻게 한다?"

담기령은 팔짱을 낀 채 잔뜩 찡그린 얼굴로 중얼거렸다. 지금 그가 앉아 있는 곳은 높은 산비탈의 잡목림 속이었다. 그곳에서 비탈 아래로 보이는 꽤 큰 규모의 마을을 내려다보고 있는 중이었다.

'여기가 도대체 어디지?'

담기령이 내려다보고 있는 마을은 왜구들의 근거지였다. 그러니 지금 있는 곳은 당연히 사방이 바다로 둘러싸인 섬.

문제는 그 섬이 바다 어느 곳에 위치한 섬인지를 모른다는 것이었다.

저쪽 세상에서였다면, 밤하늘의 별을 보고 위치를 짐작할 수 있었겠지만 불행하게도 그는 중원의 천문에 대해서는 완전한 백지 상태였던 것이다.

자신 있게 찾아와 놓고 이런 상황을 맞이했으니, 스스로의 아둔함에 탄식이 나오는 것이다.

지금 담기령이 확인할 수 있는 것은, 해가 뜨는 방향으로 가늠한 대략의 방위 정도였다.

'결국 방법은……'

모를 때는 누군가에게 물어보는 수밖에 없다. 그리고 지금의 상황이라면, 왜구에 가담한 중원인 중 하나를 붙잡고 물어보는 수밖에. 하지만 그 방법은 문제가 있었다.

'놈들이 눈치채면 곤란한데…….'

한 놈 정도 끌고 와서 물어보고 제거하는 것은 문제가 아니지만, 그로 인해 왜구들이 눈치채고 근거지를 옮겨 버리면 문제가 된다.

그렇게 고민에 잠겨 있던 담기령이, 갑자기 뭔가에 생각이 미친 듯 고개를 쭉 내밀었다.

'어쩌면…….'

아까부터 눈에 걸리던 광경이 있었다. 마을 안을 쩔룩이며 움직이고 있는 인영들이었다. 처음에는 왜구 졸개들 중, 부상으로 쓸모없어진 자들이 허드렛일을 하는 거라고 생각을 했었다.

그런데 지금 그게 아닐 수도 있다는 생각이 들었다. 선착장에서 짐을 하역하거나 선적하는 이들. 그 외에 나무를 하기도 하고, 청소를 하기도 하고, 땅을 파거나 밭일을 하거나 건물을 수리하는 자들도 있었다. 그저 왜구 졸개들 중 부상을 당한 자들이라고 하기에는 그 수가 너무 많다. 게다가 하나같이 다리를 절고 있다는 것도 이상하다.

그런 이유로 담기령의 머릿속에 한 가지 가정이 떠올

랐다.

'일단 좀 기다려야겠군.'

담기령은 잡목림 속에 몸을 밀어 넣은 채 조용히 시간이 흐르기를 기다렸다. 밤사이 파도에 시달리고 선미에 매달려 여기까지 온 참이었다. 겨울로 접어드는 시기인 탓에 산에서 먹을 것을 구하는 것도 힘든 터라 운기조식을 하며 가능한 체력을 회복시켜 놓아야 했다.

담기령이 몸을 움직인 것은, 하늘에 걸린 해가 서쪽 수평선 아래로 가라앉고 사위가 어둠에 잠긴 후였다.

잡목림 밖으로 나온 담기령은, 최대한 발소리를 죽인 채 왜구들의 마을로 들어섰다. 마을 안에 순라를 도는 왜구들의 모습은 보이지 않았다. 자기들만 사는 외딴 섬이라 그런지 대부분의 경계는 섬 밖의 바다를 향해 있었다.

담기령이 향한 곳은 마을의 중앙에 자리한 커다란 광장.

"크하하하!"

"마셔, 마시라고!"

"응? 아까 여기 있던 계집년은 어디로 간 거야?"

떠들썩한 왜구들의 말 사이로, 담기령도 알아들을 수 있는 중원 말이 섞여 들린다. 그사이로 여자들의 비명 소리와 사내들의 고함 소리가 울리고, 가끔은 여자들의 간

드러지는 웃음 소리도 귓전으로 내려와 앉았다.

'큭, 젠장!'

하지만 무엇보다 담기령을 자극한 것은, 주린 위장을 자극하는 진한 음식 냄새였다.

'나도 참 안일해졌군.'

전장에 있을 때는, 사흘을 굶으며 행군한 적도 있었다. 그런데 겨우 하루 굶은 걸로 이렇게 괴로워 하니, 그동안 꽤 몸이 편했던 게 아닌가 싶은 생각이 든 것이다.

당장 먹을 걸 집어 넣으라고 난동을 부리는 뱃속을 애써 진정시킨 담기령은 한층 조심스레 발을 놀렸다.

도착한 곳에는 대략 쉰 명가량의 왜구들이 커다란 모닥불을 피워 놓고 자기들만의 연회를 즐기고 있었다.

연회를 벌이고 있는 곳은 마을 광장만이 아니었다. 어느 정도 공터가 만들어진 곳에는, 어김없이 술판이 벌어지고 있는 상황이었다.

그리고 마을 광장에 있는 놈들은, 왜구들 중에서도 꽤 지위가 있는 자들인 듯했다.

담기령은 어두운 곳에 몸을 숨긴 채 광장을 주시했다. 정확하게는, 왜구들 사이를 오가며 술병과 음식을 나르고, 빈 그릇을 치우는 등 허드렛일을 하고 있는 이들이었다. 낮에 보았던, 다리를 쩔룩이는 사람들.

신중하게 그들을 살피던 담기령이 눈빛을 차분하게 가

라앉히며 고개를 끄덕였다.

쩔룩이며 걷고 있는 이들은 모두 한 가지 공통점을 가지고 있었다. 검게 그을린 피부, 그리고 헤진 옷 사이로 언뜻언뜻 보이는 적당히 발달된 근육이었다. 하지만 그 근육은 무공 수련으로 만들어진 근육이 아니라, 노동을 통해 만들어진 근육들이었다. 모두는 아니지만, 대부분은 그런 모습들.

'역시 예상대로…….'

그들은 다름 아닌 왜구들에게 납치되어 섬에 묶여 있는 어부들이었다.

해적이나 산적들이 양민들을 끌고가, 부녀자들을 노리개로 삼고 사내들에게 허드렛일을 시키는 것은 흔히 알려진 이야기. 왜구들의 경우에는 약탈하는 마을이나 바다에 나가 있는 어부들을 납치해 한쪽 다리를 불편하게 만들어 일꾼으로 부리는 것이었다.

그리고 그 사실이 지금 담기령이 유일하게 기대할 수 있는 부분이었다.

자리가 무르익고, 왜구들은 한껏 취기가 올라 연회가 서서히 어수선해지기 시작했다. 그리고 한참을 기다리던 담기령이 몸을 움직였다.

담기령이 향한 곳은, 광장 외곽에 어른 키 높이만큼 쌓여 있는 장작더미.

특별히 잠입 훈련을 받은 적은 없었지만, 전장에 있을 당시 작전을 위해 여러 번 잠입해 보았던 담기령이었다. 한껏 흥이 올라 술에 취한 자들의 눈을 피하는 것 정도는 그리 어려운 일이 아니었다.

커다란 모닥불로 인해 드리워진 높은 장작더미의 그림자 속으로 파고들어 간 담기령이 조심스레 두 손을 뻗었다. 손길이 향한 곳은 장작더미 옆에 앉은 듬성듬성한 수염의 중늙은이의 머리 쪽.

"읍, 으읍!"

"쉿, 해치려는 게 아니니 큰소리 내지 마십시오."

담기령의 나지막한 목소리에, 중늙은이의 버둥거림이 거짓말처럼 멎었다.

"움직이지 말고 최대한 조용히 이야기를 했으면 좋겠습니다."

뒤이은 말에 중늙은이가 조심스레 고개를 끄덕이고, 담기령이 조심스레 손을 풀었다.

"누, 누구요?"

"저는 처주부 용천현의 담씨세가에서 온 담기령입니다. 어르신은……."

"유, 유가촌의 유일두요."

"유 어르신이군요."

"용천현에서 여기는 어떻게……."

유일두가 뭐라 물어보려 했지만, 담기령이 재빨리 그 말을 자르고 들어갔다.

"죄송하지만 다른 이야기를 할 여유가 없습니다. 제가 몇 가지만 여쭙겠습니다."

"그, 그러시오."

"이 섬이 어디입니까?"

"어디냐니?"

"섬의 이름이나, 위치를 여쭙는 겁니다."

"주산군도에서 남동쪽으로 배를 타고 한나절 가다 보면 나오는 섬이오. 인근 뱃사람들끼리는 복귀도(伏龜島)라 부르는 곳이오."

"복귀도라고 말하면, 인근 어민들은 모두 어디에 있는지 알고 있습니까?"

"모두는 아니지만…… 내 나이쯤 되는 이들은 다들 알고 있소이다."

유일두의 말에 담기령이 가만히 고개를 끄덕였다.

끌려와 일을 하는 사람들 중 가장 나이가 많아 보이는 유일두에게 다가온 이유가 그것이었다. 나이가 많을수록, 인근 바다의 상황을 잘 파악하고 있을 거라 생각한 것이었다.

"그럼 여기서 뭍으로 가는 방법은 없겠습니까?"

"그건……."

잠시 뭔가를 고민하던 유일두가 조심스레 물었다.

"그전에 한 가지만 묻겠소이다."

목소리는 조심스럽지만, 처음 이야기를 할 때처럼 기죽은 목소리가 아니었다. 이렇게 나오면 더 이상 자신의 이야기만 할 수는 없었다.

"말씀하십시오."

"뭍에 있던 사람이, 이곳까지는 어찌 오셨소?"

"왜구들의 근거지를 찾기 위해 놈들을 쫓아왔습니다."

"그런데 위치를 모른다는 거요?"

"한밤중에, 홀로 왜구 놈들의 배에 매달려 왔기 때문에 위치를 가늠하지 못했습니다."

"그럼 왜구놈들을 쫓아온 이유가……."

"당연히 놈들을 소탕하기 위해서입니다."

"헙!"

유일두가 저도 모르게 헛바람을 들이켰다. 그러다 자기가 낸 소리에 스스로 놀라 황급히 입을 막고 주위를 살폈다. 그리고 자신을 주시하는 이가 없다는 것을 확인한 후, 조심스레 물었다.

"그, 그럼 우리도 뭍으로 돌아갈 수 있다는 말이오?"

"물론입니다. 다만, 지금 당장은 힘듭니다."

"혼자 왔다고 했으니 그야 그렇겠지."

"하지만 조금만 참으시면 제가 꼭 구해드리겠습니다."

유일두는 천천히 고개를 끄덕이면서도, 조금 망설이는 목소리로 담기령의 말을 받았다.

"그러면 좋겠소만……."

평생 이곳에서 노예처럼 부림당하다 죽게 될 거라 생각했는데, 이렇게 사람이 왔으니 어느 정도 희망을 품을 만했다.

하지만 유일두는 이미 쉰을 넘긴 나이였다. 절대 쉽게 이루어질 리가 없는 일을, 오늘 처음 보는 낯선 사람의 말만 믿고 희망을 품기에는 세상의 풍진을 너무 많이 겪었다. 그러니 크게 기대를 하지 않는 그로서는 당연한 일이었다.

잠시 침묵이 흐른 후, 담기령이 나지막히 말했다.

"제 말을 무조건 믿을 수만은 없다는 점, 저도 잘 알고 있습니다. 그리고 지금 저에게는 유 어르신이 저를 믿게 만들 만한 무언가를 가지고 있지도 않습니다."

유일두는 심각한 갈등에 고개를 설레설레 저었다. 여기 숨어 있는 담기령의 존재들을 왜구들에게 알리면, 아마 한동안은 편안하게 지낼 수 있을 것이 분명했다. 하지만 이 담기령이라는 사내는, 여기 매여 있는 자신과 같은 처지의 사람들에게 찾아온 유일한 기회였다. 그것이 아무리 실낱같은 희망이라 해도 절대 무시할 수 없는 기회.

유일두의 갈등을 조금 짐작한 담기령이 한층 차분한 목

소리로 말했다.

"현재 저희 담씨세가와 몇 개의 무림 방파들은, 항주의 오왕부와 함께 일을 준비하고 있습니다. 증거를 댈 수는 없습니다만, 어르신께 좀 더 희망이 있다는 것을 알려 드리기 위해 드리는 말입니다. 마지막으로 왜구들의 배에 매달려 이 섬까지 들어온 제 노력을 보아 주십시오."

위협을 할 수도 있었다. 하지만 담기령은 그것이 절대 좋은 선택이 아니라는 것을 잘 알고 있었다. 위협으로 인해 내린 결정은, 후회와 함께 또 다른 갈등을 부르는 법이었다. 그것을 결국, 겁에 질려 의도치 않은 실수를 저지르게 하거나 그릇된 결정을 내리게 만들 수도 있었다.

시간이 걸리겠지만, 유일두 스스로 선택하도록 하는 것이 가장 좋았다. 이런 경우는, 결정하는 데까지는 어려움이 있겠지만 일단 결정을 하게 되면 쉬이 흔들리지 않기 때문이었다.

"후우!"

유일두는 무거운 한숨을 내쉬며 소매로 이마를 훔쳤다. 몸이 으슬으슬 떨릴 정도로 추운 날씨인데도 이마가 땀으로 흥건했다. 그만큼 긴장하고 있다는 뜻.

유일두의 머릿속을 괴롭히고 있는 것은 담기령이 마지막에 꺼낸 이야기였다.

'왜구들의 배에 매달려 이곳까지 왔다고?'

평생을 바다에서 보낸 유일두였다. 그렇기에 그것이 얼마나 힘든 일인지 잘 알고 있었다. 너울에 흔들리는 배에 매달려 버틴다는 것은, 아무리 무인이라 해도 쉬운 일이 아니었다. 게다가 초겨울의 바다는 뭍에서보다 훨씬 춥다. 그런 추위 속에서 배에 매달려 있으면, 움직임이 없는 만큼 관절이 빨리 굳어 간다. 그런 악조건을 견디며 이곳까지 오는 것은 어중간한 각오로는 절대 할 수 없는 일이다.

"후우!"

두 번째 한숨과 함께 유일두는 결정을 내렸다.

"이 섬에서 뭍으로 갈 방법이라고 했소?"

유일두의 말에 담기령이 밝은 얼굴로 고개를 끄덕였다.

"그렇습니다."

"으음……. 해류만 잘 타면, 나뭇조각에만 매달려도 주산군도로 들어갈 수는 있소. 하지만 뱃사람도 아닌 담 공자가 나무 하나에 의지해 해류에 몸을 싣는 것은 힘들 거요."

"그렇군요. 무슨 방법이 없겠습니까?"

잠시 고민하던 유일두가 한층 목소리를 낮춰 말했다.

"마을 북쪽으로 가면 축사가 있소. 이따 그리로 갈 테니, 거기에 숨어 있으시오."

"알겠습니다."

"확신할 수는 없지만, 방법이 하나 있을 듯하니 좀 믿고 기다려 보시오."

하지만 돌아오는 대답이 없었다. 왜 그러나 싶은 생각에 고개를 돌리던 유일두가 멍한 얼굴로 두 눈을 끔뻑거렸다. 방금까지 그 자리에 있던 담기령이 보이지 않는 탓이었다.

"무, 무림인이라 그런가?"

유일두가 멍한 얼굴로 중얼거리는 동안, 담기령은 이미 마을 북쪽을 향해 내달리고 있었다.

바다 밖을 경계하는 인원과 마을 안의 몇 명을 제외한 모든 왜구들이 술에 만취한 상태라 담기령은 어렵지 않게 마을 북쪽에 다다를 수 있었다.

담기령은 잠시 사방을 살핀 후, 훌쩍 뛰어올라 축사 지붕에 올라섰다.

유일두의 나지막한 목소리가 들린 것은, 그로부터 한 시진이 지난 후였다.

"담 공자."

담기령은 슬쩍 고개를 내밀어 아래를 살폈다. 유일두가 왠 청년과 함께 서 있는 것이 보였다. 낯선 사람의 모습에 잠시 경각심이 일었지만, 주위에 아무도 없다는 것을 확인한 후 바닥으로 내려섰다.

"오셨습니까? 그런데 옆에 계신 분은?"

청년이 심드렁한 표정으로 대꾸했다.

"종삼이라 하오."

"처주부 담씨세가의 담기령이라 하오."

"뭐, 그런가 보지."

상당히 심사가 꼬인 듯한 반응에 담기령의 시선이 유일두에게로 향했다.

유일두가 피식 웃으며 청년의 어깨를 두드린 후 말했다.

"원래 나하고 같은 마을에 살던 구종삼이라는 놈이오."

"예, 그런데 이곳에는……."

"담 공자가 뭍으로 돌아가려면 이놈이 도와줘야 하기 때문이오."

"그게 무슨 말씀입니까?"

"나하고 이 녀석 둘이서 그동안 왜구 놈들 몰래 뗏목을 짜고 있었소이다. 그걸 타면 해류를 타기가 더 수월할 거요."

"하, 하지만!"

담기령이 난감한 표정으로 구종삼을 보았다. 구종삼이 탈출을 위해 만든 뗏못을 강탈하는 입장이 되기 때문이다. 유일두가 편안한 표정으로 말했다.

"나는 지금 도박을 하는 거요."

"도박이라니요?"

"그 뗏목이 있으면 우리 두 사람은 도망칠 가능성이 있소. 물론, 왜구 놈들이 먼저 눈치채고 쫓아온다면 물고기밥이 되겠지만 말이오. 담 공자와 함께 도망치는 것도 생각해 보았소만, 그렇게 되면 왜구 놈들은 이 섬을 버리고 도망치겠지. 그럼 여기 잡혀 있는 다른 사람들은 죽을 때까지 왜구 놈들에게 부림을 당할 거요."

"그렇지요."

"그래서 도박을 해 볼 셈이오. 담 공자에게 뗏목을 내주고, 구출을 기다린다는 도박 말이오."

담기령은 바로 대답하지 못하고 심호흡을 했다. 유일두로서는 아주 어려운 결정이라는 것을 알기 때문이다.

하지만 사양할 상황이 아니었다.

"감사합니다."

정중하게 포권을 하며 깊이 머리를 숙였다. 그 모습에 구종삼이 여전히 심드렁한 목소리로 툭 내뱉었다.

"흥! 까짓것 안 오면 뗏목 하나 더 짜지 뭐."

"고맙습니다. 유 어르신과 구 형제의 도박이 꼭 성공하도록 하겠습니다."

"뭐, 나는 유 노대의 결정에 따르는 것뿐이니 나한테는 고마워 할 것 없수."

끝까지 얼굴에 불만이 한가득이다. 유일두가 그런 구종

삼의 어깨를 다시 한 번 두드려준 후, 말했다.

"이대로 북쪽으로 쭉 올라가다 보면, 높이 솟은 바위 하나가 보일 거요. 그 바위와 산비탈 사이에 커다란 빈 공간이 있는데, 거기에 뗏목이 있소이다. 뗏목을 북쪽 해변으로 옮긴 후, 아침 해가 뜨기 직전에 뗏목을 띄우고 돛을 펼치시오. 한 식경쯤 간 후에 돛을 내리면, 해류가 알아서 주산군도까지 뗏목을 이끌어 줄 게요."

"감사합니다."

"그 시간이면 왜구 놈들도 긴장이 풀어져 있고 아직 어두워 들키지는 않을 테니 걱정할 것 없소이다."

"예, 어르신."

말을 마친 담기령이 다시 한 번 포권을 했다. 그리고 방향을 틀어 달리려던 찰나, 갑자기 몸을 멈췄다.

"저, 어르신."

담기령의 이해 못할 행동에 유일두가 고개를 갸웃거렸다.

"왜 그러시오?"

잠시 망설이던 담기령이 힘겹게 입을 열었다.

"죄송하지만, 배를 채울 만한 게 없겠습니까?"

순간적으로 정적이 흘렀다. 황급히 정신을 차린 유일두가 헛기침을 하며 말했다.

"험험, 잠시 기다리시오. 왜구 놈들이 오늘 연회를 한 덕분에 먹을 게 좀 있소이다."

　그리고 구종삼이 심드렁하게 말했다.

　"거 참, 바라는 것도 많네."

6장
선택의 결과

"사제, 거기까지 꼭 갈 필요가 있겠나?"

관도 위로, 두 기의 인마가 말머리를 나란히 한 채 걷고 있었다.

"이미 일은 마무리됐으니 앞으로의 일을 논의하는 게 맞을 듯한데?"

근심이 가득한 목소리로 물어보는 이는, 왼쪽의 말에 탄 기수. 하지만 오른쪽의 기수는 대답이 없다.

다각, 다각.

더운 콧김을 뿌리며 걷는 두 마리 말의 느린 말발굽 소리만이 쉴 새 없이 울릴 뿐.

"처주무련이 이미 해체된 마당이 아닌가. 거기까지 아

무리 빨리 움직인다 해도, 길에서만 무려 열흘을 보내야 하네."

돌아오는 대답이 없음에도 쉴 새 없이 불안을 토해 내는 이는, 명도문 일대 제자 중 하나인 이구형이었다. 그리고 나란히 말을 몰고 있는 이는 임사균이었다.

"생각해 보면 전 사형도 너무 집착하고 있는 것 같고……."

임사균이 끝날 것 같지 않은 이구형의 말을 끊었다.

"좀 있으면 해가 질 것 같습니다. 말들도 좀 쉰 것 같으니, 다시 달리시죠. 잘못하면 노숙을 해야 될지도 모릅니다."

"아, 응?"

"이랴!"

히이잉!

갑작스레 고삐를 당기며 옆구리를 차는 통에, 임사균이 타고 있던 말이 긴 울음을 흘리며 내달리기 시작했다.

이구형이 당황한 표정으로 급히 임사균의 뒤를 따라 말을 몰았다.

"사, 사제! 같이 가세!"

두두두!

두 기의 인마가 쭉 뻗은 관도 위로, 긴 먼지를 일으키며 달리기 시작했다.

절강성의 겨울은 그리 추운 편은 아니지만, 달리는 말 위에서 맞이하는 겨울 공기가 폐부를 싸늘하게 훑어 내렸다.

그렇게 반 시진쯤 달렸을까, 저 멀리 작은 마을 하나가 눈에 들어오고서야 임사균이 달리는 속도를 늦췄다.

그리고 이구형이 안도의 한숨을 쉬며 고삐를 늦췄다.

"헉, 헉! 뭘 그리 급하게 가는가? 가서 따로 할 일도 없지 않은가?"

어깨를 크게 들썩이며 연신 숨을 몰아쉬는 이구형의 얼굴에는 피곤이 가득 매달려 있었다.

이구형은, 현재 명도문의 일대 제자들 중에 가장 무공이 뒤처지는 제자였다. 재능도 떨어지지만, 크게 노력도 하지 않는 편이었기에 체력 또한 평범한 수준을 조금 상회하는 정도.

말을 탄다는 것은 꽤나 강한 체력을 요구하는 일이었고, 무려 반 시진을 쉬지 않고 달렸으니 이구형으로서는 기진맥진할 수밖에 없는 상황이었다.

이구형의 앓는 소리에도 임사균은 별다른 대꾸 없이 할 말만을 내뱉었다.

"오늘은 저 마을에서 쉬어야겠습니다."

"헉헉, 알겠네. 앞장서게나."

마을이 작기는 했지만, 관도와 인접한 곳에 자리한 덕

분에 저자에는 객잔 등이 꽤 많이 들어서 있었다.

임사균은 그중에서 너무 크지도 작지도 않은 평범해 보이는 곳에 방을 잡았다.

이구형은 말을 몰고 오면서 너무 지친 탓인지, 씻고 저녁을 먹는 동안은 별다른 말을 하지 않았다.

하지만 배가 부르고 피로도 좀 가시고 나자 다시 기운을 차린 듯, 아까 했던 말들을 꺼냈다.

"지금이라도 돌아가는 게 어떤가? 어차피 절강성에서 무언가 하기는 힘들 테니, 다른 성으로 가서 새로 무언가를 시작하면 되지 않겠나?"

계속 보채고 불안한 소리를 해대는 이구형의 행동에 결국 임사균이 짜증스러운 목소리로 말했다.

"이 사형."

"그래, 말하게."

"솔직히 말해 봅시다."

"응? 뭘 솔직히 말해?"

"석약이 년의 문제는, 지금 우리 쪽 사람만 남아 있으니 하극상이든 뭐든 이유만 만들면 무마할 수 있는 일입니다."

"그, 그렇지. 석약이가 도망을 치기는 했지만, 전 사형이 쫓아갔으니 어떻게든 처리를 할 것이고. 뭐, 전 사형이 너무 감정에 치우친 게 걱정스럽기는 하지만 열 명이나 이끌고 갔으니 별 다른 문제는 없지 않겠나."

동굴에 있을 때의 싸움으로 인해, 전규백은 왼쪽 어깨에 큰 부상을 입었다. 그리고 더 이상 왼쪽 팔을 쓸 수 없게 되었다. 일상생활에는 지장이 없지만, 무공을 펼칠 수 없는 상태가 된 것이다.

쌍도를 쓰는 명도문에서 한 팔을 쓸 수 없다는 것은, 명도문 내에서 그의 입지를 현저히 좁히는 일이었다. 당연히 원한이 뼈에 사무칠 수밖에 없었고, 결국 이석약을 추적하는 데 나선 것이었다.

"그런데 만약…… 도 사형이 무사하고, 석약이 그것이 사형과 만난다면 어찌 되겠습니까?"

"뭐, 도, 도 사형? 장문 사형 말하는 건가? 장문 사형이 무사하다는 말인가!"

"만약이라고 했습니다."

"그, 그건…….."

이구형이 제대로 말을 하고 더듬거리고 있자, 임사균이 입을 열었다.

"도 사형은 어쨌든 장문인입니다. 그리고 석약이는 후계자였지요. 즉, 우리는 문파의 역도가 되는 겁니다."

이구형의 머릿속에는 떠올랐지만, 차마 입으로는 하지 못했던 말이 임사균의 입에서 나왔다.

"그, 그렇지."

"하지만 도 사형이 무사하다 해도 아직까지는 괜찮습니다. 도 사형이 석약이 그것을 만나기 전에, 전 사형이 처리한다면 말이죠."

굳이 자세히 설명하지 않아도 금세 이해할 수 있는 이야기였다. 이석약과 도제경이 만나지만 않는다면, 무슨 이유든 만들어 동굴에서 있었던 일을 무마할 수 있었다.

"으음……."

"전 사형이 그년을 처리할 거라는 가정하에, 우리가 먼저 만나야 합니다."

거기까지 듣고 있던 이구형이 갑자기 고개를 갸웃거리며 물었다.

"그런데 자네……. 처음에는 만약이라고 했는데, 지금은 장문 사형이 무사하다는 걸 확신하고 있는 것 같구먼."

"실은……. 도 사형이 멀쩡한 모습으로 구주부로 올 가능성이 매우 큽니다."

"그, 그건 무슨 말인가?"

"이석약, 그년이 하는 말을 제가 들었습니다."

동굴에서 일이 벌어졌던 그날, 임사균은 동굴 끝의 웅덩이로 가던 중 이석약과 청이문의 대화를 들었다.

"사, 사실인가?"

"석약이 년이 분명 마음에 들지는 않지만, 약삭빠르고 상황 판단이 빠르다는 것은 저도 인정하는 사실입니다.

그 당시 꽤 확신하듯 말한 것으로 보아, 도 사형은 분명 무사할 겁니다."

"그, 그럼 이번 일은 어찌 된 건가?"

관부에서 처주무련을 쳤던 일을 말하는 것이었다.

"아마, 오왕부에서 뭔가 일을 꾸미기 위해 그렇게 보이도록 가장했을 겁니다. 생각해 보십시오. 오는 동안 우리가 쫓기거나 했습니까? 관문을 통과할 때 특별히 누가 잡던가요?"

"혁, 그 말은?"

"도 사형이 무사하다는 방증이지요."

"그, 그럼 차라리 우리끼리 다른 지역으로 어서 움직여야 되는 것 아닌가?"

이구형이 불안한 얼굴로 말했지만, 임사균은 고개를 저었다.

"그래 봐야, 우리는 어떤 식으로든 쫓기는 입장이 됩니다. 사문의 제자들 모두가 우리와 함께 움직이기는 하겠지만, 도 사형이 멀쩡하게 살아 있는 한 우리는 역도가 되는 겁니다. 그리고 처주무련에서 우리를 쫓아올 수도 있지요."

임사균의 말에 이구형이 불안한 표정으로 물었다.

"그럼 어떻게 해야 되는 건가?"

"방금 말씀드리지 않았습니까? 이석약보다 우리가 먼

저 도 사형을 만나야 한다고요. 그러니 앞으로 쓸데없는 말하지 마시고, 저만 따라오십시오."

"아, 알겠네."

"그럼 내일도 먼길을 가야 할 테니 쉬십시오."

임사균이 인사를 하고는 이구형의 방을 나서, 자신의 객방으로 향했다.

"앞으로 어떻게 되는 거지?"

긴 이야기를 나누고, 나름의 결론을 내렸음에도 이구형의 얼굴에는 불안이 가득했다.

가진 바 욕심에 비해 능력이 현저히 떨어지는 이구형이었다. 그리고 욕심을 현실로 만들 담력도 없었다. 타고난 소심함 때문에 걱정 또한 많은 그였다.

결국 이구형은 쉴 새 없이 떠오르는 걱정에 뜬눈으로 밤을 지샜다.

"아버지!"

이구동성으로 터져 나오는 소리. 담기명과 진수명의 목소리였다. 두 사람 모두 두 눈 가득 눈물을 글썽이며, 금방에라도 울 것 같은 목소리로 그렇게 외쳤다.

"하아, 무사했구나."

그리고 맥이 탁 풀린 목소리로 안도의 한숨을 내쉬는 사람은 담고성이었다.

진충회는 기꺼운 얼굴로 고개를 끄덕이며 아들의 어깨를 토닥거렸다.

"허허, 말한 대로 잘 움직여 주었구나. 잘했다."

그리고 한발 늦게 묵직한 목소리가 새어 나왔다.

"방주님을 기다리고 있었습니다."

"수고가 많았네."

상운방 방주 석대운과 곽구재의 대화였다.

하지만 그 속에 재회의 기쁨을 누리지 못하고 있는 이가 있었다.

"며, 명도문은……."

도제경이 불안한 표정으로 입을 열었지만, 대답하는 이가 없었다. 잠깐 동안 어색한 정적이 맴돈 후, 도제경이 담기명을 향해 물었다.

"담 공자, 명도문의 소식은 듣지 못했나?"

"관에 잡혔다는 이야기는 없었습니다. 그런 걸로 보아 무사히 몸을 숨긴 것 같은데, 이곳에는 나타나지 않았습니다."

도제경이 다리에 힘이 쭉 빠지는 것을 느끼며 털썩 의자에 주저앉았다.

"그럴 리가!"

관부의 움직임이야 애초에 자신들이 요구했던 것이었다. 그러니 관부에 변을 당했을 리는 없었다. 방금 전 담기명도 그렇게 이야기를 했으니 분명했다.

그런데 왜 이곳에는 나타나지 않는단 말인가. 도제경은 불현듯 엄습하는 불길한 느낌에 부르르 어깨를 떨었다.

"따로 들은 소식은 없는 건가?"

도제경의 물음에 진수명이 대답했다.

"저희가 이곳에 도착한 것이 이틀 전입니다. 담시세가의 두 책사가, 장문인들께서 무사할 거라는 이야기를 해서 거기에 기대를 거는 참에 명도문도 함께 기다리고 있었습니다만, 명도문에서는 사람이 오지 않았습니다. 그래서 명도문은 처주무련과 더 이상 행동을 함께하지 않는 거라 판단하고 있었습니다."

진수명의 설명에 도제경이 설레설레 고개를 저었다.

"그럴 리가 없는데……."

이석약은 처주무련에 꽤 긍정적인 생각을 가지고 있었다. 그리고 실제로도 처주무련 덕분에 명도문 또한 이래저래 많은 이득을 본 참이었다. 그런데 이제 와서 빠지겠다는 판단을 내렸다는 것은 이상했다.

이석약이라면, 처주무련의 상황이 불리하기는 하지만 그럴 때일수록 더욱 뭉쳐야 된다고 생각했어야 정상이다.

도제경이 의구심 가득한 목소리로 중얼거렸다.

"상황이 조금 불리하다고 의를 저버릴 정도로 막돼먹은 아이가 아닐세."

진수명이 조금 미안한 표정을 지으면서도 확실하게 이야기를 했다.

"하지만 명도문 분들이 오지 않은 것은 분명합니다."

"으음……."

도제경의 머릿속에서, 아까 불현듯 떠올랐던 불길한 생각이 점점 구체화되었다. 아니, 명도문 사람이 오지 않았다는 이야기를 들은 순간 곧장 떠올랐던 생각이지만 애써 외면하고 있던 그것.

'설마 임 사제가?'

임사균이 처주무련에 불만을 품고, 담씨세가를 고까워했다는 것은 도제경 역시 알고 있던 사실. 게다가 임사균은 차기 장문인으로 이석약을 생각하고 있다는 사실에 대해서도 강한 불만을 품고 있었다.

그런데 갑작스러운 상황이 생기고, 장문인인 자신에게 사달이 났다고 판단했다면 충분히 제 욕심에 충실하게 움직였을 가능성이 있었다.

'아, 안 될 일이지!'

도제경이 세차게 고개를 저으며 벌떡 몸을 일으켰다. 그리고 담고성을 향해 잔뜩 갈라지는 목소리로 말했다.

"담 련주, 나는 제자들을 만나러 가 봐야겠소이다."

그 말에 담고성이 힘겹게 고개를 끄덕였다. 문파에 문제가 생겼는데, 장문인이 이곳에서 넋놓고 있을 수는 없는 노릇이 아닌가.

그때 이세신이 대화에 끼어들었다.

"안 됩니다."

"뭣이!"

도제경이 버럭 소리를 지르며 이세신을 노려보았다. 온몸에 소름이 돋을 정도로 싸늘한 그 눈빛에 이세신이 헛기침을 하며 슬쩍 시선을 피했다. 하지만 자신이 꺼낸 말을 물리지도 않는다.

"험험, 도 장문인의 심정은 이해합니다만 지금 가시면 도 장문인마저 위험해집니다."

도제경의 목소리가 한층 더 높이 올라갔다.

"그게 무슨 말인가!"

시퍼런 안광을 빛내며 살기를 피워 올리는 도제경의 모습에 이세신은 저도 모르게 움찔 어깨를 떨었다. 옆에 있던 유춘이 잔뜩 겁먹은 표정으로 이세신을 말렸다.

"이 학사님, 왜 그러십니까? 그, 그만하시죠."

하지만 이세신은 천천히 고개를 저은 후, 도제경과 시선을 맞췄다.

여전히 무시무시한 눈빛이었지만, 이세신은 이번에는 그것을 피하지 않았다.

"도 장문인께서 하시는 걱정이 무엇인지 알고 있습니다. 장문인으로서 문파의 앞날을 생각하는 것은 당연한 일이지요."

다른 방파의 사람들이 있는 곳에서, 문파 내에 내분이 일어났을지도 모른다는 이야기를 할 수는 없기에 이세신은 도제경도 알아들을 수 있는 수준에서 애둘러 이야기를 했다.

도제경이 힘겹게 입을 열었다.

"하지만……."

다른 이유가 떠오르지 않았다. 분명 임사균으로 인해 뭔가 사달이 난 것이 분명했다. 무엇보다 걱정되는 것은, 이석약의 안위였다.

장문인으로서, 사문의 앞날을 걱정해야 하지만 도제경은 그보다는 이석약에 대한 걱정이 더 앞섰다. 벌써 두 명이나 잃고 하나 남은 제자였다. 딸처럼 키웠고, 이석약 역시 자신을 아버지처럼 따랐다.

그런데 소식도 알 수 없는 곳에서 뭔가 사달이 났다고 생각하니 가만히 앉아 있을 수가 없는 것이다.

이세신이 차분한 목소리로 말했다.

"제가 본 이석약 소저는, 그 어떤 사람들보다 영민하고 상황 판단이 빠른 분입니다. 뭔가 문제가 생겼다 해도 잘 헤쳐 나갈 수 있을 겁니다."

이세신은, 도제경이 이석약을 걱정하고 있다는 것을 알기에 또 한 번 애둘러 이야기를 했다. 다른 사람이 들으면, 명도문에 무슨 일이 생겨도 이석약이 잘 해결할 거라는 것으로 들릴 이야기였다. 물론, 당사자인 도제경은 그 속뜻을 제대로 알아들었다.

하지만 그렇다 해도 가만히 있을 수가 없었다.

그런 도제경의 마음을 안다는 듯, 이세신이 마지막으로 강조하듯 말했다.

"련주님과 장문인들께서 뭔가 이유가 있어서 이번 일을 이렇게 처리한 줄로 압니다. 그런데 도 장문인께서 빠진다면, 처주무련은 명도문을 빼고 일을 진행하게 되는 겁니다. 하지만 도 장문인만 함께하신다면, 명도문 전체가 함께하는 것이나 마찬가지 아니겠습니까?"

"후우!"

도제경이 깊은 한숨을 내쉬었다. 이세신의 이야기 덕분인지 도제경의 머릿속에는 조금은 낙관적인 생각이 자리 잡았다.

항상 감정에 치우치고, 오만한 생각에 급한 성격마저 가지고 있는 임사균이었다. 그때문에 상황을 제대로 보지 않고 일을 벌리는 경우가 잦아 종종 낭패를 보곤 했었다.

그에 반해 이석약은 늘 냉정하게 생각하고, 빠르게 판단는 내릴 줄 알았다.

아무리 임사균의 무공이 월등하다 해도 이석약이라면 충분히 제 한 몸은 지킬 수 있으리라.

"알겠네. 이 학사의 말대로 하지."

도제경이 힘이 쭉 빠진 표정으로 다시 의자에 몸을 기댔다.

긴장된 상황이 지나간 후, 담기명이 갑자기 주위를 둘러보더니 조심스러운 목소리로 물었다.

"그런데 형님은 왜 안 보입니까?"

다른 사람은 다 왔는데 담기령만 보이지 않았던 것이다.

"네 형은 해야 할 일이 있어 따로 움직이고 있다. 그리 걱정할 것 없다."

"어디로 갔는데요?"

급히 묻는 담기명을 향해 담고성이 진정하라는 듯 가볍게 손을 들었다. 그리고 모여 있는 이들을 쭉 둘러보며 이야기를 시작했다.

"모두들 갑작스러운 상황에 당혹스러웠으리라 생각하네. 하지만 미리 이야기해 놓은 대로 잘 움직여 주어 고맙네. 이번 일은, 오왕부의 세자 저하와 함께 어떤 일을 진행하기 위한 일종의 준비일세."

그렇게 서두를 꺼낸 담고성이, 상황을 모르는 이들을 향해 간략하게 설명해 주었다.

"그럼 형님은 지금 왜구들의 은신처를 찾으러 갔다는 말입니까?"

"그래, 아마 지금쯤은 돌아오지 않았을까 싶구나. 그러니 우리도 서둘러 움직여야 한다."

"어디로요?"

"소흥부 소산현으로 간다."

"소산현이요?"

"그곳에 구씨세가에서 운영하는 표국이 있다. 그 표국에 일차적으로 모여서, 령이가 왜구들의 근거지를 알아오면 바로 출항할 수 있도록 준비하는 것이다."

소산현은, 전당강을 사이에 두고 항주부 부도와 마주보는 곳에 위치한 곳이었다. 오왕부와 구씨세가에서 외부의 눈을 피해 일을 준비하기에 적당한 곳.

"그럼 일단 다시 흩어져야겠군요."

"그래야지."

담고성의 말에 석대운이 먼저 나섰다.

"상운방 무인들은 이곳에서 멀지 않은 곳에 몸을 숨기고 있다 하니, 먼저 가서 준비를 하고 있겠습니다."

"그러시오."

담고성이 고개를 끄덕이고, 석대운과 곽구재가 객잔을 나섰다. 진가장의 진충회 역시 아들과 사촌 동생을 데리고 몸을 일으켰다.

"집안 사람들이 걱정되어 그러니 먼저 가보겠습니다, 련주님."

"진 가주도 부디 조심하시오. 누가 쫓는 일이야 없겠지만, 처주무련에 눈을 흘기는 자들도 있으니 가능하면 정체를 숨기고 움직이시오."

처주부의 다른 방파들을 두고 하는 말이었다.

"하하, 걱정하지 마십시오. 그럼, 소산현에서 뵙겠습니다."

"살펴 가시오."

진가장 사람들도 떠난 후, 담고성이 도제경을 향해 말했다.

"도 장문인은 우리와 함께 움직이는 것이 좋겠소이다."

하지만 도제경은 고개를 저었다.

"아닙니다."

"음?"

"생각해 보니, 찾아가 봐야 할 곳이 있습니다."

"찾아갈 곳?"

이번에도 이세신이 끼어들었다.

"의천단을 찾아가시려는 겁니까?"

도제경이 더 놀랄 것도 없다는 듯 고개를 끄덕였다. 담고성이 상황을 설명하는 사이, 도제경은 곰곰이 이석약의 행방에 대해 고민해 보았다.

현현객잔에서 모인다는 사실은 임사균 또한 알고 있으니 이곳으로 오지 않은 것이 분명했다. 하지만 한편으로는 관부에서 쫓기고 있는 상황이었다. 그런 때에 기댈 수 있는 곳은, 절왜관에서 친분이 있던 의천단밖에 없다는 결론이 나오는 것이다. 항상 정도를 고집하는 백무결이, 이석약과의 의를 저버리지는 않으리라는 것도 염두에 두고 내린 결론이었다.

담고성이 고개를 끄덕이며 말했다.

"그러면 일단 처주부까지는 함께 가시겠소?"

도제경은 이번에도 고개를 저었다.

"아닙니다. 이곳에서 전당강 물길을 타고 가는 것이 더 빠를 테니 배를 타려고 합니다. 제자를 만나면 소산현으로 갈 테니, 그곳에서 뵙도록 하지요."

담고성이 무거운 얼굴로 말했다.

"일이 이리된 게, 아들 녀석이 그런 계획을 생각한 탓인 거 같아 내 도 장문인께 드릴 말이 없소이다."

하지만 도제경은 설레설레 고개를 저었다.

"함께 내린 결정입니다. 우리 모두 불안해 하면서도 동의를 했으니, 누구를 탓할 일이 아닙니다. 탓할 사람이 있다면, 문 내를 잘 다스리지 못한 내 탓이지요."

담고성이 정색을 하며 손을 내저었다.

"아, 아니 그렇게까지 생각할 필요는……."

담고성으로서는 명도문의 상황을 짐작할 수 없었다. 그렇기에 유독 힘이 빠진 도제경의 모습을 이해하기가 조금은 힘든 면이 있었던 것이다.

"그럼 이만 가 보겠습니다."

"알겠소이다. 부디 다른 탈이 없기를 빌겠소이다."

"감사합니다."

인사를 마친 도제경이 급히 객잔의 방을 나섰다.

"우리도 어서 움직이자꾸나. 처주부에 들렀다가 다시 소산현까지 가려면 갈 길이 멀다."

"예, 아버지."

고개를 끄덕이며 몸을 일으키던 담기명이 갑자기 뭔가 생각난 듯 고개를 돌리며 말했다.

"아, 아버지. 철문방 놈들 말이에요."

"응?"

"여기 구주부 부도가 철문방 놈들 총타가 있는 곳이잖아요."

"아아, 그랬지."

"크흐흐, 그놈들 세력이 완전히 반 토막이 났다고 하더라고요."

"음?"

"크흐흐, 그때 배상금으로 돈을 내준 후에 전장에서의 압박으로 인해, 가지고 있던 이권을 절반이나 뜯겼다더군요."

담기명이 고소해 죽겠다는 표정으로 말했다. 하지만 담고성은 고개를 저으며 말했다.

"그렇게 남의 불행을 기뻐하면 안 되는 법이다."

"쳇, 그놈들이 우리한테 어떻게 했는지 아버지도 아시잖아요."

"어쨌든 끝난 일이 아니더냐. 그건 그렇고 네 이야기를 듣고 보니 구주부를 빠져나갈 때까지는 조심해야겠구나."

"그래야지요. 아무튼 얼른 가시죠."

"그래."

"담 관주!"

이석약과 청이문, 백무결, 하세견 네 사람의 입에서 동시에 똑같은 외침이 터져 나왔다. 그런 그들의 앞에 묘한 표정으로 서 있는 사람은 바로 담기령이었다.

이석약은 담기령이 무사할 거라는 예상을 하기는 했지만 의천단의 숙소로 올 것은 생각지 못했기 때문에, 청이문은 이석약의 예상이 맞았다는 데, 백무결과 하세견은 처주무련과 함께 행동하지 않은 자신들의 결정에 찔리는 것이 있어 내지른 외침이었다.

"어?"

놀라기는 담기령 또한 마찬가지였다. 그가 이곳으로 찾아온 이유 자체가, 의천단이 처주무련과 함께 행동하지 않았다는 것을 알고 온 것이니 그것에는 놀랄 것이 없었다. 하지만 이석약이 이곳에 있다는 것은 아주 의외의 일이었다.

그러다 눈길이 간 곳은, 부목을 대고 있는 이석약의 왼팔.

'설마?'

문득 머릿속에 떠오르는 것이 있었다. 하지만 외부인이 있는 곳에서 꺼낼 만한 이야기가 아니었다.

"별일 없으셨습니까?"

덤덤하게 꺼내는 담기령의 인사에, 청이문이 다급하게 물었다.

"담 관주, 장문 사형은 어찌 되셨나?"

"도 장문인은 련주님과 다른 방주님들과 함께 구주부로 가셨습니다."

"그, 그래?"

청이문이 놀란 표정으로 이석약을 향해 새삼 놀랍다는 눈길을 보냈다. 이석약의 예상이 이렇게 잘 들어맞으리라고는 생각지 못했기 때문이었다.

"그럼 이번 일은 도대체 어찌 된 일인가?"

청이문의 재촉에 담기령이 느긋하게 걸음을 옮겨 탁자

의 자리에 앉았다.

"일단 진정들 하십시오. 이야기해 드리겠습니다."

"아, 그러세."

방 안의 사람들이 모두 탁자에 둘러앉은 후, 담기령은 오왕부에서 있었던 일에 대해 차근차근 설명해 주었다.

설명을 다 들은 청이문이 미간에 잔뜩 주름을 접으며 안타까운 표정으로 중얼거렸다.

"그, 그런 일이! 하지만 그 때문에 우리는…….."

하지만 청이문의 말은 이석약에 의해 막혔다.

"사숙."

백무결도 있는 자리에서 그 일을 꺼내는 것은 좋지 않은 탓이었다.

그때 백무결이 고개를 갸웃거리며 이석약을 향해 물었다.

"이 소저, 전에 분명 관부에 쫓기고 있다 하지 않았습니까?"

"예, 그랬지요."

"하지만 담 관주의 말로는 관부에서 명도문을 칠 이유는 없는 것 같소만?"

이석약이 능청스럽게 고개를 끄덕이며 말했다.

"저도 그게 이상하다고 생각하던 참이었습니다. 그런데 생각해 보니, 청전현 지현은 꽤 오래전부터 우리 명도문을 눈엣가시처럼 생각하고 있었습니다. 이참에 모르는 척 우리를 제거하려 했던 게 아닌가 싶어요."

이석약의 설명에 백무결이 고개를 갸웃거렸다. 아무리 그래도 일개 지현이 왕부에서의 명을 그렇게 무시한다는 것은 이상한 일이었다.

하지만 더 파고들어 가는 것도 모양새가 좋지 않았다. 백무결은 일단 고개를 끄덕이며 한 발짝 물러섰다. 그리고 이번에는 담기령을 향해 물었다.

"그래서 기령이 자네는 왜구들의 은신처를 알아낸 건가?"

비슷한 나이에 함께 수많은 전투를 치른 덕분에, 두 사람은 꽤 친분이 깊어진 터였다.

"물론."

곧장 고개를 끄덕이는 담기령의 모습에, 백무결이 벌떡 자리에서 일어나며 외쳤다.

"저, 정말인가?"

"밤새 배에 매달려 쫓아갔네. 알아내지 못하면 억울해서 잠을 못 잘 걸세."

"그, 그럼 뭐하는가? 당장 놈들을 치러 가야지!"

흥분한 목소리로 외치는 백무결의 모습에 담기령이 차분한 목소리로 말했다.

"그래서 해금령을 어기자는 말인가?"

"아무리 국법이 지엄하다 한들, 양민들의 삶이 피폐해지는 것보다 중요하겠나? 알아냈으면 당장이라도 놈들을 쳐야지."

"어디 왜구 선단이 그놈들 하나뿐인가? 한 무리 정도 잡았다치고, 우리가 해금령을 어겨 붙잡히면 다른 왜구 놈들은 어쩌려고?"

"아, 그렇군."

백무결이 머쓱한 표정을 지으며 어정쩡하게 다시 자리에 앉았다. 그러다 다른 데 생각이 미친 듯 급히 물었다.

"하지만 그러면 놈들의 근거지를 알았다고 해도 아무 소용이 없는 것 아닌가?"

"오왕부 세자 저하께서 태자 전하를 뵙고, 일시적으로 바다 밖으로 나갈 수 있도록 허락을 받을 것이니 그때 움직여도 늦지 않네."

백무결이 반색을 하며 고개를 끄덕였다.

"그래? 그거 다행이군!"

하지만 뒤이어 날아든 담기령의 질문에 백무결은 다시 애매한 표정을 지을 수밖에 없었다.

"그런데 처주무련에 무슨 일이 생기면 몸을 숨기고 구주부로 와 달라고 부탁을 했는데, 그러지 않았더군."

추궁하는 듯한 담기령의 말에 하세견이 불쑥 끼어들었다.

"그 일에 대해서 담 관주께 확실히 하고 싶은 이야기가 있습니다."

"말씀하십시오, 하 소협."

"담 관주께서는, 우리 의천단을 처주무련의 하부 조직이라고 생각하십니까?"

"아닙니다."

"그렇다면 처주무련의 상황에 따라 몸을 숨기지 않았다고 해서 우리를 추궁할 이유는 없지 않습니까?"

꽤나 공격적인 하세견의 태도에, 담기령이 묘한 미소를 지으며 말했다.

"의천단은 분명 백 단주를 중심으로 한 독립적인 집단입니다. 하지만 처주무련은 의천단에 꽤 많은 지원을 해 주었습니다. 그 지원이 의천단에 꽤 큰 도움이 되었다고 생각하는데, 하 소협은 어찌 생각합니까?"

"물론 많은 도움이 되었습니다. 하지만 그 일을 통해 처주무련 또한 이득을 보지 않았습니까?"

"물론입니다."

"그렇다면 이야기는 다시 처음으로 돌아갑니다. 처주무련에서 의천단을 추궁할 이유가 있습니까?"

"그간 함께 목숨을 걸고 왜구들과 싸워 온 사이입니다. 서로 도움을 주고, 도움을 받은 사이지요. 충분히 그 정도 부탁은 할 수 있지 않았나 생각합니다만?"

"부탁할 수는 있지만, 부탁을 들어주지 않았다고 추궁할 이유는 없습니다."

담기령이 고개를 끄덕이며 말했다.

"괜히 말장난을 할 필요는 없겠군요. 나는 그저 한 가지를 확인하기 위해서 말을 꺼낸 것입니다."

"확인?"

"의천단의 이번 결정은, 의천단이 처주무련과는 완전히 무관하다는 뜻을 외부에 공표한 것입니다."

하세견이 군말 없이 고개를 끄덕였다. 그런 이유 때문에 처주무련의 요청을 거절했으니, 부정할 필요가 없었다.

"그러므로 처주무련 또한 향후 의천단에 대한 지원을 중단하는 것에 대해 이의가 없으리라 생각합니다. 그에 대해서 이야기하고자 말을 꺼낸 것입니다."

"이, 이보게!"

백무결이 깜짝 놀란 표정으로 외쳤다. 담기령이 이렇게까지 단번에 관계를 정리하려 들 줄은 생각지 못한 탓이다.

담기령이 편안한 미소를 지으며 말했다.

"처주무련과 의천단이라는 두 집단의 관계에 대한 이야기일세. 이건 자네와 내가 친구인 것과 별개의 일이야."

그리고 그에 대한 대답은 하세견의 입에서 나왔다.

"우리가 하는 일은, 왜구들에게 고통받는 양민들을 돕

는 것입니다. 즉, 처주무련의 그런 결정은 양민들의 고통을 외면하는 행동입니다."

"그래서 계속 도와 달라는 말입니까?"

"언제까지고 그리해 달라고 하면 우리가 염치가 없는 것이겠지요. 다만, 우리가 자립 할 때까지만 도와 달라는 말입니다. 그 도움에 대해서는 훗날 확실하게 보상하겠습니다."

순간 담기령의 얼굴에 싸늘한 미소가 번졌다.

"생각보다 훨씬 허섭스레기 같은 놈이었군."

백무결과 하세견의 입에서 외침이 터져 나왔다.

"말씀이 심하시오!"

"이보게!"

동시에 싸늘한 기운이 방 안 가득 퍼졌다. 하지만 담기령은 아무렇지도 않은 듯 편안한 표정으로 백무결을 향해 물었다.

"이보게, 무결이. 처주무련의 부탁을 거절하자는 이야기는 저자가 먼저 꺼냈지?"

"의견을 내기는 했지만, 결정은 내가 내렸네."

그렇게 말할 줄 알았다는 듯 담기령이 고개를 끄덕였다. 그리고 하세견을 향해 말했다.

"네가 명분을 들고 헛소리를 하니, 나도 그 명분으로 대답해 줘야겠지?"

차앙!

"담 관주!"

담기령의 말투에 담겨 있는 무시와 경멸에, 하세견이 장검을 뽑아 들며 버럭 소리를 질렀다. 하지만 담기령은 여전히 평온한 표정이었다.

"처주무련은 왜구들에게 고통받는 처주부의 사람들을 보호하기 위해 만들어졌다."

"그래서 다른 지역의 양민들은 왜구들에게 약탈당해도 상관없다는 말인가?"

"아니. 처주무련은 처주부의 왜구들을 상대하는 것만으로도 벅차다는 말이지. 그럼에도 무리를 해가며 의천단을 지원했다."

"그것은 처주무련의 명성을 올리기 위해서 한 일이지, 순수한 의도로 한 일이 아니지 않는가!"

"큭, 그렇다면 의천단은 그렇게 더러운 돈으로 자기들의 이름값을 올린 게 되는 건가?"

"이름값을 올린 게 아니라 백성들을 돕기 위해 한 일이었다!"

"하하, 좋아. 그건 그렇다고 억지로라도 이해를 해 주지. 그런데 혹시 그거 알고 있나?"

뜬금없이 던지는 담기령의 물음에 하세견이 의심스러운 표정으로 물었다.

"무얼 말인가?"

"관계라는 것은, 서로 주고받는 것이 없으면 끝난다는 거 말이야."

"모든 관계가 이득을 위해서만 존재한다는 헛소리를 하는 것인가!"

"당연하지. 물론 주고받는 것이 무조건 돈만은 아니지. 돈이 될 수도 있고, 인맥이 될 수도 있고, 훗날의 대가일 수도 있고, 혹은 위안이나 연모, 즐거움 같은 마음의 이득이 될 수도 있지."

"그건⋯⋯."

"그런 마음의 이득마저도 없는 관계가 굳이 유지될 필요가 있을까?"

"궤, 궤변이다!"

하세견이 악을 쓰듯 외쳤다.

"그럴 수도 있지. 뭐, 더 이상 그에 대해 이야기할 필요는 없으니 그 이야기는 거기까지. 다시 본론으로 돌아가서, 처주무련에 문제가 생겼다고 판단되는 순간 의천단은 관계를 끊었다. 처주무련이 없어도 의천단이 자립할 수 있다고 판단했기 때문에 내린 결정이 아닌가? 그런데 처주무련이 건재하다는 걸 확인하자마자 태도를 바꾸는 건, 너무 일관성이 없는 것 같군."

핵심을 찌른 담기령의 말에 하세견은 더 이상 입을 열

지 못했다.

사실 그의 머릿속에는 이후의 계획이 들어 있었다. 하지만 담기령을 통해 처주무련이 멀쩡하다는 것을 알게 되니 조금 욕심이 생겼다. 조금만 더 지원을 받으면, 의천단이 좀 더 빠르게 성장할 수 있기 때문이었다.

그렇게 생각하면서도 처주무련에서 지원을 끊을 거라는 예상은 했다. 하지만 백무결과의 관계도 있는데, 이렇게까지 단칼에 잘라 낼 거라고는 생각지 못했던 것이다.

담기령이 백무결을 향해 말했다.

"내가 보기에, 계속 저자와 함께 다닌다면 자네도 그리 좋은 꼴은 못 볼 것 같군. 이 참에 의천단을 해체하든지, 저자만 내보내든지 하는 게 좋을 것 같네."

당사자가 바로 앞에 있는 데도 직설적으로 내뱉는 말에 백무결이 난감한 표정으로 말했다.

"의천단 사람들은 모두 나 때문에 모인 이들일세. 내가 책임을 지지 않으면 어쩌겠나?"

"알았네. 그건 자네가 결정할 일이지. 아무튼, 앞으로 자네와 내 사이가 변하지는 않겠지만 처주무련에서 공적으로 의천단을 돕지는 않을 걸세."

"알았네. 너무 신경 쓰지 말게."

"그리고 왜구들의 근거지로 가는 것 또한 처주무련에서 할 일이니, 의천단은 나서지 말게."

백무결이 묵묵히 고개를 끄덕였다. 마음 같아서는 왜구들의 근거지를 치는 큰일에 조금이라도 보탬이 되고 싶었지만, 담기령과 하세견의 대화를 모두 들은 상황에서 차마 그 말을 할 수가 없었다.

"그럼 나중에 따로 한 번 보세."

말을 마친 담기령이 자리에서 일어서며 이석약에게 말했다.

"청 대협, 그리고 이 소저는 이만 일어나시지요. 우리는 우리 대로 갈 곳이 있지 않습니까?"

담기령과 하세견의 설전에 멍한 표정을 짓고 있던 청이문이 화들짝 놀라며 벌떡 일어섰다.

"아, 아! 그래야지. 나는 제자를 데리고 오겠네."

"알겠습니다. 이 소저, 가시지요."

담기령의 말에 이석약이 조용히 몸을 일으켰다. 그리고 백무결을 향해 정중하게 포권을 하며 말했다.

"그간 도와주셔서 감사합니다."

"별말씀을요."

인사를 마친 이석약이 조심스레 방을 나섰다. 마지막으로 남은 담기령이 백무결을 향해 말했다.

"더 도움을 주지 못하는 건 미안하네. 하지만 우리가 친구이기는 하지만, 자네와 나는 보는 곳이 다르지 않은가."

"괜찮네. 우리도 언제까지 도움만 받을 수는 없지 않은가."

"뭐, 그렇게 생각해 준다면 더할 나위 없지. 그럼 나중에 다시 보세."

인사를 마친 담기령이 몸을 돌려 방문을 열었다. 그 모습에 백무결이 급히 담기령의 뒤를 따랐다.

"배웅하겠네."

나란히 방을 나선 두 사람은, 느긋한 걸음으로 장원의 정문으로 향했다. 크지 않은 장원이라 금세 정문에 도착할 수 있었다. 담기령은 명도문의 세 사람을 기다리는 동안 백무결을 향해 나지막한 목소리로 말했다.

"하세견, 저 사람은 조심해야 할 걸세."

"너무 그렇게만 보지 말게. 하 소협은 그 나름대로 의천단을 조금이라도 크게 만들고 싶어서 그런 걸세. 자네가 조금은 이해해 주게."

하지만 담기령은 설레설레 고개를 저었다.

"나는 그를 이해할 필요가 없지 않은가. 그냥 자네만 조심하면 되네."

"그 고집 참. 알겠네. 조심하도록 하지."

그렇게 이야기를 나누는 사이, 이석약과 청이문, 정삼영이 정문을 나섰다.

"이만 가 보겠네."

담기령이 편안한 표정으로 인사를 하고 길을 따라 걸었고, 명도문의 세 사람이 그와 나란히 걸음을 옮겼다.


"내분입니까?"

담기령이 대뜸 던지는 질문에 청이문이 기겁한 표정으로 그를 보았다.

"어, 어떻게?"

"세 분의 상황과 명도문 절문관 관주의 평소 태도를 생각하면 대충 짐작할 수 있는 일입니다."

담기령의 말에 청이문이 와락 인상을 찡그리며 말했다.

"자네가 그런 방법만 쓰지 않았어도 이리될 일은 없지 않았는가?"

원망스러운 표정으로 꾸짖는 청이문의 말에도 담기령은 담담한 목소리로 말했다.

"단초를 제공한 것에 대해서는 저에게 어느 정도 책임이 있다고는 생각합니다. 하지만 이번에 그러지 않았다고 해서, 절문관 관주가 언제까지고 그런 마음을 품지 않았을 거라 생각하십니까?"

"하, 하지만 시간을 두고 다독였다면 임 사제도 그런 일을 벌이지 않았을 수도……."

청이문의 항변에 이석약이 힘겨운 목소리로 말했다.

"이번에 그의 손에 사숙들과 사형제들이 몇 명이나 죽

었는지 아시잖아요."

"그렇기는 하다만."

이석약이 이를 악물고 말했다.

"절대 바뀌지 않았을 거예요."

그 모습을 본 담기령이 짧은 한숨을 쉬며 말했다.

"방금 말씀 드린 대로 제가 단초를 제공한 데 대해서는 죄송하게 생각합니다."

하지만 이석약은 고개를 저었다.

"냉정하게 생각하면, 담 관주가 미안할 일은 아니지요. 내부를 단속하지 못한 명도문 전체의 책임입니다. 아니면 미덥지 못한 제 탓일 수도 있고요."

이석약의 자책하는 말에 청이문이 버럭 소리를 질렀다.

"어허, 그런 말이 어디 있느냐? 임사균, 그놈이 제 욕심에 눈이 멀어 벌어진 일이 아니더냐!"

청이문의 호통과 함께 네 사람은 그대로 입을 다물었다. 계속 이야기를 꺼내 봐야 서로 마음 아픈 이야기만 나오니 대화를 이어 가기가 힘들었다.

그렇게 한 식경쯤 지난 후, 다들 마음이 조금 가라앉은 듯하자 담기령이 일행들을 향해 말했다.

"바로 포구로 가서 배를 빌릴 생각입니다. 이 소저는 따로 치료를 받지 않아도 되겠습니까?"

"괜찮아요."

"알겠습니다."

그 대화를 끝으로 네 사람은 말없이 포구를 향해 걸었다.

7장
도제경의 죽음

"이 사제…… 네, 네놈이…… 우웩!"

쿠웅!

도제경이 피를 한 사발이나 토하며 중심을 잃고 그대로 무릎을 꿇었다. 선혈이 아닌, 시커멓게 변해 버린 핏물이 도제경의 앞섶과 갑판 위를 물들였다.

"도 사형! 이, 이게 어떻게……."

망연자실한 얼굴로 온몸을 부르르 떨고 있는 이는 이구형이었다.

푸욱!

"끅!"

섬뜩한 소음과 함께 이구형의 얼굴이 기괴하게 일그러

졌다.

"사, 사형!"

고개를 툭 떨어트린 이구형의 눈에, 배에 틀어박힌 운월도가 보였다.

"왜, 왜……."

흐릿해진 이구형의 시선이 배에 박힌 운월도의 도신을 따라 움직였다. 칼을 쥔 손이 보이고, 그 손을 따라 팔에서 어깨, 다시 칼을 쥔 이의 얼굴로 눈길이 향했다.

분노로 일그러진 도제경의 얼굴이 보였다.

"내, 내가 그런 것이 아니……."

입에 매달렸던 말이 끝내 마무리되지 못하고, 이구형의 신형이 무너져 내렸다.

쿠웅!

"도 장문인!"

당혹성을 터트리며 달려온 이는 상운방 방주 석대운이었다.

토혈한 피의 색이 짙은 붉은빛을 띠고 있다는 것은 반사적으로 독을 떠올리게 하는 현상.

석대운이 다급히 도제경을 안아 일으키며 사방을 향해 외쳤다.

"의원, 의원이 없느냐!"

"찾아보겠습니다!"

곽구재가 대답과 함께 선실을 향해 그대로 내달렸다.

"저, 저놈이……."

부들부들 떨리는 도제경의 손이 이미 숨이 끊어져 갑판에 널브러진 이구형을 가리켰다.

"마, 말하지 마시오!"

평소 냉정한 모습을 보였던 석대운이 말까지 더듬으며 사방을 둘러보았다. 하지만 갑작스레 피를 토하고 사람이 죽은 상황이었다. 배의 손님들은 모두 멀찍이 물러서거나 선실 안으로 도망친 후였다.

"어, 어쩌다가!"

석대운이 시체가 된 이구형을 노려보며 이를 악물었다.

이름이 이구형이라 했던가.

상운방의 피신 장소는, 처주부가 아닌 금화부에 위치해 있었다. 구주부에서는 배를 타고 움직여야 하는 곳이었기에, 포구에서 배를 기다리고 있을 때 도제경을 다시 만났던 것이다.

그때 도제경의 곁에 동문 사제라는 이구형이 함께였다. 도제경에게 들은 이야기로는, 명도문 문도들은 원래의 은신처인 동굴이 무너지는 바람에 다른 곳으로 몸을 피할 수밖에 없었다는 내용이었다.

그렇게 임시로 몸을 피한 곳이 처주부 남쪽의 온주부였고, 그곳까지는 전당강을 타고 항주로 가서 다시 해변을 따라 내려가는 것이 빠르다는 판단하에 배를 타기로 했다는 이야기도 들었다.

'그럼 그 말도 거짓인가?'

동굴이 무너질 때 이석약이 심하게 다쳤다고 들었다. 처주무련의 일들을 처리할 때 자주 보았던 이석약이었기에, 석대운도 꽤 걱정을 하고 있었다.

그런데 지금 상황으로 보아서는 아무래도 그게 아닌 듯했다.

이구형을 훑어보던 석대운의 눈에, 이구형의 손에 들린 기다란 철침이 보였다. 그리고 품에 안겨 있는 도제경의 목 언저리에 맺혀 있는 핏방울. 더 따질 것도 없이 분명한 상황.

그때 도제경이 힘겹게 입을 벌렸다.

"서, 석약이에게……."

하지만 결국 맺지 못한 채 그대로 눈을 감는다.

"도 장문인! 정신 차려 보시오!"

석대운이 버럭 소리를 지르며 도제경의 늘어진 몸뚱이를 잡고 흔들었다. 하지만 도제경은 더 이상 움직이지 않았다.

"바, 방주님, 안에는 의원이……."

선실로 들어갔던 곽구재가 말끝을 흐렸다. 그리고 떨리는 목소리로 물었다.

"도, 돌아가신 겁니까?"

"후읍!"

석대운이 크게 심호흡을 하며 도제경의 시신을 안아 올렸다. 도제경의 시신은 독살의 영향인지 벌써 **뻣뻣하게** 굳어지고 있었다.

"일단 시신을 수습해라. 나중에 이 소저를 만나면 장례를 치러야지."

"알겠습니다. 그런데 저자는……."

곽구제가 이구형의 시체를 가리켰다.

"함께 수습하도록 해라. 이 소저에게 확인을 시켜야 하니."

"예."

그때 체격이 좋은 사내가 황급히 뛰어왔다.

"무, 무슨 일이오!"

소식을 듣고 뒤늦게 뛰어온 배의 선장이었다.

"일이 좀 있었지만 이제는 다 끝났소이다."

석대운이 간단하게 대꾸하고는 곽구재와 함께 두 사람의 시신을 수습했다.

"과, 관에 고해야 하는 것 아니오?"

선장이 불안한 표정으로 묻자, 곽구재가 차분한 목소리로 대답했다.

"무림 문파의 일이니 알아서 처리할 것입니다. 다른 손님들이 당황하지 않게 진정시켜 주십시오."

"하, 하지만 배에 시체가 있으면······."

선장의 말에 도제경의 시신을 안고 있던 석대운이 대답했다.

"다음 포구에서 내릴 테니 걱정 마시오."

일단 배에서 내려 염이라도 해야 될 것 같았다.

"아, 알았소."

선장은 고개를 끄덕이면서도 연신 갑판을 물들이고 있는 검붉은 피를 보며 불안한 표정을 지었다.

그리고 멀찍이 떨어져 그 광경을 지켜보고 있는 시선이 있었다. 변복을 하고 얼굴을 숨긴 임사균이었다.

'남은 건, 석약이 그년과 청 사형, 그리고 정 사질.'

갑판 위에서 벌어진 사건은 당연히 임사균의 음모에 의한 것이었다.

임사균 자신이 나서면 의심할 수도 있으니, 이구형에게는 혼자 도제경을 만나 동굴이 무너지고 이석약이 다쳤다고 말하라고 시켰다. 평소 이석약에 대한 불만을 드러낸 적이 없는 이구형이었으니, 충분히 믿으리라 계산한 것이었다.

동시에 이구형을 설득했다. 만약 전규백이 이석약을 잡지 못하면 자신들을 궁지에 몰릴 수밖에 없다고. 그러니 기회가 왔을 때 도제경을 처리하는 것이 좋을 것 같다고.

독침을 준 것도 당연히 임사균이었다. 다만, 독의 효능에 대해서 거짓을 말해 주었다.

일단 중독되면 전신이 마비되어 말을 하지 못한 채 고열로 닷새를 앓다가 죽게 되는 독이라 이야기했다. 중독을 바로 의심할 사람은 없을 테니, 죽어 가는 도제경을 다음 포구에서 데리고 내리면 마무리된다고 말해 주었다.

물론, 겁이 많은 이구형이 두말없이 그 일을 하겠다고 하지는 않았다. 하지만 앞으로 명도문의 주인이 될 임사균이었다. 문 내의 요직을 약속해 주었고, 그로써 이구형은 용기를 낸 것이었다.

하지만 결과적으로 도제경은 그 자리에서 숨졌고, 이구형 또한 죽었다. 이로 인해 도제경은 이구형에 의해 독살당한 상황이 만들어졌고, 석대운은 그 목격자가 되었다.

이제 이석약, 청이문, 정삼영만 처리하면 자신은 명도문의 정당한 장문인이 될 수 있는 것이다.

"소흥부 소산현이라 했었지?"

이구형이 몰래 전해 준 이야기에 따르면, 처주무련 사람들이 모일 곳은 소흥부 소산현이었다.

이석약이라면 어떻게든 상황을 파악하고 그곳으로 올 가능성이 있었다.

전규백이 자신의 일을 제대로 처리하는 것이 가장 좋겠지만, 일이 무조건 좋게 풀리지만은 않을 터.

'가서 기다리고 있어야겠군.'

그렇게 마음을 정한 임사균은 배의 승객들 사이에 몸을 숨긴 채 선실로 향했다.


털썩!

둔탁한 소리와 함께 신형이 그대로 무너져 내렸다.

"헉, 허억!"

다리에 힘이 풀려 그대로 주저앉은 이석약이 제 가슴을 부여잡고 숨을 몰아쉬었다. 생각지도 못한 상황에 숨이 턱하고 막힌다. 가쁜 숨 소리 외에 입에서 말이 나오지 않았다. 두 손은 물론, 입술까지 파르르 떨리고 있다. 창백하게 변한 얼굴에 초점을 잃은 두 눈동자가 향해야 할 곳을 찾지 못하고 방황했다.

"사형……."

전신에 힘이 빠져 휘청거리며 벽에 기댄 청이문의 상태 또한 다르지 않았다. 정삼영 또한 멍한 얼굴로, 현실을 제대로 받아들이지 못한 듯 연신 헛웃음을 터트린다.

그런 세 사람의 앞에는 놓여 있는 것은 관이었다. 뚜껑이 열려 있는 관 안에는, 수의를 입은 도제경이 무표정한 얼굴로 누워 있었다.

"이, 이럴 리가……."

이석약의 입에서 간신히 말이 새어 나왔지만, 결국 맺

어지지 못하고 흐릿해진다.

"후우!"

석대운이 긴 한숨을 내쉬었다. 자신이 한 짓도 아닌데, 괜한 죄책감에 차마 말을 하지 못했다. 하지만 전할 것은 전해야 하는 법.

석대운이 크게 심호흡을 한 후 곽구재에게 손짓을 했다. 그리고 곽구재가 곁에 놓인 또 하나의 관 뚜껑을 열었다.

"이자에 의한 독살이었소."

"끄아아악!"

갑작스러운 절규가 방 안을 온통 휘저었다. 결국 바닥으로 쓰러진 청이문의 입에서 튀어나온 비명.

석대운은 한시라도 방을 벗어나고 싶은 마음에 급히 말했다.

"너무 갑작스러워 막을 수도 없었고, 선상에서 벌어진 일이라 의원을 구할 수도 없었소이다. 미안하오."

뒤이어, 명도문 사람들과 함께 도착했던 담기령이 힘겹게 입을 열었다.

"우리는 일단 나가 있겠습니다."

이런 갑작스러운 상황에 다른 사람이 뭐라고 말해 봐야 들릴 리가 없다. 지금 명도문 사람들에게 가장 필요한 것은, 상황을 받아들이고 마음을 진정시킬 시간이었다.

석대운이 고개를 끄덕이며 곽구재와 함께 방을 나섰다. 마지막으로 방을 나서던 담기령이 걸음을 멈추며 명도문 사람들을 향해 진심을 담아 말했다.

"죄송합니다."

그리고 서둘러 방을 나섰다. 죄책감으로 인해 마음 한 켠을 바윗덩이가 누르는 듯한 기분이었다.

이성적으로 생각하면 이 일련의 일들은 절대 담기령으로 인해 일어난 일이 아니었다. 냉정하게 따지면 그간 명도문 내부에서 점점 심각해져 가던 갈등이 결국 서로 피를 보는 결과로 나타난 것이었다. 하지만 단초를 제공했다는 점에서는 책임을 피할 수 없는 부분이 있었다.

"후우!"

담기령이 무거운 얼굴로 짧은 한숨을 내쉬며 방문을 닫았다.

"아아아악!"

방 안에서 터져 나오는 이석약의 절규가 한층 더 무겁게 담기령의 마음을 눌렀다.


"늘 입만 열면 협의를 들먹이더니, 백 단주의 협의라는 것이 이렇게 남의 문파 내부의 일에 개입하는 것이었소?"

버럭 소리를 지르는 이는 전규백이었다. 그는 어깨에 붕대를 감은 채 살기를 한껏 머금은 눈빛으로 백무결을 노려보고 있었다. 하지만 그 눈빛을 받고 있는 백무결 역시 불쾌하기는 마찬가지였다.

"분명히 말씀드리지만, 그럴 생각은 품어 본 적도 없습니다. 또한 아까 말씀드린 대로 이석약 소저는 이곳에 없습니다. 물론, 이 소저가 명도문의 반도라는 말도 믿을 수 없습니다만, 그 일에 대해서는 제가 관여할 일이 아니니 더는 말씀을 드리지 않겠습니다."

"오왕부에 들어간 후, 소식이 끊긴 담기령 그자가 나타났다는 말도 안 되는 거짓말을 하는 백 단주의 말을 내가 어찌 믿는단 말인가!"

"저는 분명히 사실을 말씀드렸습니다."

백무결은 분명 사실을 말했지만, 전규백의 얼굴에는 여전히 불신이 가득했다.

'뭔가 일이 일어난 건 분명한데⋯⋯.'

백무결은 머릿속으로 일련의 상황을 하나하나 짜 맞추어 갔다. 이석약의 부상과 전규백의 어깨를 감고 있는 붕대. 관부의 공격을 받았다는 미심쩍은 이야기. 이석약을 보았을 때 담기령의 얼굴에 떠올랐던 의구심 어린 표정. 담기령을 본 순간 청이문이 감정을 주체하지 못하고 불쑥했던 말. 마지막으로 전규백의 입에서 나온 이야기.

'명도문의 반도!'

증거는 없지만 모든 정황이 하나로 이어졌다.

'전규백 이자가 명도문의 반도.'

명도문 내부에서 반란이 있었고, 그로 인해 이석약이 몸을 피한 것이라면 앞위 정황이 딱 맞아떨어졌다. 문파의 내분을 외부에 알릴 수 없었던 이석약이 다른 이유를 만들었던 것이다. 그리고 그 내분은 명도문 장문인의 부재로 인한 것이었을 테니, 청이문이 담기령을 탓하는 듯한 말을 한 것이다.

말없이 자신을 노려보는 백무결의 모습에, 전규백이 울컥한 표정으로 외쳤다.

"내줄 수 없다면, 우리가 직접 찾겠다!"

"이 장원은 임시적이기는 해도, 의천단의 총타와 같은 곳입니다. 함부로 외인에게 뒤지게 할 수 없습니다."

차앙!

"끅!"

반사적으로 일월쌍도를 뽑아 들던 전규백이 왼쪽 어깨의 통증에 신음을 흘렸다.

"당장 그 칼을 집어 넣으시기를 바랍니다. 계속 이런 무례를 보이신다면, 저 또한 참지 않겠습니다."

나지막한 백무결의 목소리와 함께 강렬한 기운이 뭉클 피어올라 전규백의 전신을 압박했다.

"크윽!"

전규백이 철천지원수라도 보든 백무결을 노려보며 신음

218

을 흘렸다. 하지만 이내 칼을 갈무리했다. 자신의 실력으로는 눈앞에 있는 백무결 한 사람도 당해 낼 수 없다는 것을 알기 때문이었다.

"의천단의 이 오만방자한 행태에 대해서 훗날 반드시 그 대가를 치르게 해 주겠다!"

버럭 소리를 지른 전규백이 휑하니 몸을 돌리며 함께 온 동문들에게 말했다.

"돌아간다!"

전규백이 성큼성큼 걸음을 옮겨 의천단의 장원을 빠져나가고, 다른 명도문 제자들이 급히 그 뒤를 따랐다.

명도문 사람들이 장원의 정문을 통과하자, 백무결 뒤에 서 있던 하세견이 앞으로 나서며 말했다.

"단주님."

"말씀하시오."

"아무래도 저자가 명도문 내부에서 분열을 일으킨 게 아니겠습니까?"

하세견 또한 백무결과 같은 결론에 도달한 모양이었다.

백무결이 고개를 끄덕였다.

"명도문 내부에 분열이 있었던 것은 맞지만, 그 일을 주도한 사람은 저 전규백이라는 자가 아니라, 임사균일 거요."

"임사균? 명도문 최고 고수라는 그자 말입니까?"

"그렇소."

"흐음, 그렇군요."

고개를 끄덕인 하세견이 은근한 목소리로 물었다.

"단주님, 앞으로 어찌하실 생각입니까?"

"글쎄, 아직은 따로 생각해 둔 일이 없소."

고개를 내젓던 백무결이 갑자기 하세견에게 시선을 고정시키며 물었다.

"생각해 둔 바가 있소?"

"예, 들어 보시겠습니까?"

백무결이 고개를 주억거리고, 하세견이 두 눈을 빛내며 입을 열었다.

"처주무련에서 준비하고 있는 이번 일, 왜구들의 은신처를 친다는 일은 아마 성공적으로 마무리될 것입니다."

"오왕부의 도움까지 받는 일이니 아마 그럴 거라 생각하오."

"그렇지요. 그렇게 되면 왜구들의 약탈 또한 현저하게 줄어들 겁니다."

"아마 그럴 것이오. 어떻게 보아도 좋은 일이지."

왜구 집단은 한둘이 아니었다. 하지만 그중 어느 한 곳의 근거지가 궤멸당한다면, 다른 왜구들 또한 몸을 사릴 수밖에 없는 상황이 된다.

"그런데 그렇게 될 경우, 우리 의천단이 절강성에 머물며 왜구들을 상대하는 것은 의미가 퇴색될 수밖에 없습니다."

"우리가 그런 것을 생각하며 왜구들을 상대하는 것은 아니지 않소?"

"물론 그렇기는 합니다. 하지만 현저하게 줄어든 왜구들을 상대하는 것보다, 우리 힘으로 도울 수 있는 더 많은 사람들을 돕는 것이 더 좋지 않겠습니까? 처주무련이 계속 움직인다면, 왜구들 문제는 결국 완전히 일소가 될 것입니다."

도울 수 있는 더 많은 사람들이라는 말에 백무결이 마음이 동한 듯 관심을 가지고 물었다.

"어디로 가서 어떤 사람들을 돕는단 말이오?"

"그거야 차차 생각해 봐야겠습니다만, 그리하기 위해서 가장 문제가 되는 건 역시 돈입니다."

"으음!"

"그렇다고 이렇게까지 협의를 가진 사람들이 모였는데, 의천단을 해산하는 것도 아까운 일이지요. 이 정도로 같은 뜻을 가진 사람들이 모이는 것이 그리 쉬운 일은 아니니까요."

"그렇긴 하오. 좋은 방법이 있소?"

백무결의 물음에 하세견이 잠시 호흡을 고른 후 말했다.

"생각해 보면, 처주무련과 의천단의 관계는 꽤 서로에게 도움이 되었습니다."

"하지만 그건 이번 일로 인해 더 이상 이어 갈 수 없는 관계가 아니오?"

백무결이 조금은 안타까운 목소리로 말했다. 하지만 특별히 그런 의견을 낸 하세견을 탓하는 기색은 보이지 않았다. 백무결의 성격상, 결국 마지막에 결정을 내린 스스로를 탓하면 했지 다른 사람에게 책임을 떠넘길 수는 없었던 것이다.

"처주무련과는 그리할 수 없지만, 다른 곳이라면 새롭게 관계를 맺는 것이 가능하다는 말씀을 드리려는 겁니다."

"다른 곳?"

"처주무련은 우리 의천단을 지원한다는 사실만으로도 꽤 명성을 쌓았습니다. 그러니 다른 곳에도 같은 제안을 하는 것이지요."

"그래서 생각한 다른 곳이 있을 거 아니오?"

하세견이 곧장 고개를 끄덕였다.

"무림맹입니다."

"무림맹? 그런 곳에서 굳이 명성을 위해 우리를 지원할 이유가 있겠소?"

"당연합니다. 물론 무림맹이 더 이상의 명성이 필요하

다는 말은 아닙니다. 하지만 그들에게는 명성보다 더 중
요한 것이 있습니다."

"더 중요한 것이라니?"

"명분, 무림맹이라는 거대한 집단을 유지해야 할 명분
을 필요로 하지요."

백무결로서는 조금 이해가 힘든 이야기였다.

"우리를 지원하는 것이 무림맹의 명분을 만들어 주는
것은 아니지 않소?"

"무림맹은 과도할 정도로 거대한 집단입니다. 그런 거
대한 힘이 존재한다는 것만으로도, 외부에서는 상당한 부
담이 되는 일이지요."

말은 외부라고 했지만, 사실 무림맹의 존재를 거북스러
워 하는 곳은 단 한 곳, 황실이었다.

황실은 물론 관부와 긴밀한 관계를 맺고 있는 무림맹이
다른 마음을 품지 않을 거라는 건 분명한 사실이었다. 하
지만 그 정도 힘이 존재한다는 사실 만으로도 황실은 신
경이 쓰일 수밖에 없는 것 또한 사실이었다.

이는 백무결 또한 인지하고 있는 내용.

"그렇기 때문에 무림맹은 자신들이 왜 존재해야 하는지
를 외부에 끊임없이 보여 줄 필요가 있습니다."

거기까지 이야기하자 백무결도 하세견이 말하고자 하는
바를 분명하게 알 수 있었다.

"하지만 겨우 우리를 지원하는 정도로 가능하겠소?"

"단주님이 누구의 제자인지 잊으셨습니까? 검협이라 불리던 백운서 대협입니다. 무림맹의 맹주라 해도 절대 무시할 수 없는 이름이지요. 검협 백운서의 제자인 백무결을, 그리고 같은 협의로 뭉친 의천단을 돕는다는 것은 그들로서는 상당한 명분을 줄 수 있는 일입니다."

"흐음!"

하지만 백무결은 여전히 회의적인 표정이었다.

"그러시다면, 제가 무림맹에 먼저 의사를 타진해 보지요."

이렇게까지 얘기하니 백무결로서도 마냥 고개를 저을 수만은 없었다.

"알겠소. 우리도 운신의 폭이 필요하니 일단은 가능성을 알아봅시다."

"그리고 그전에……."

하세견이 넌지시 이야기를 돌리자, 백무결이 궁금한 표정으로 물었다.

"다른 의견이 있소이까?"

"그런 것이 아니라, 우리가 여길 떠나게 된다면 처주무련에 지금까지의 도움에 대한 보답으로 하나 정도는 일을 해주는 게 좋지 않을까 합니다."

"보답?"

"명도문 말입니다."

백무결이 반사적으로 두 눈을 가늘게 좁혔다.

"그건 명도문 내부의 일이오. 우리가 관여하는 것은 문제가 있소이다."

"깊이 관여할 필요도 없습니다. 명도문의 역도들을 사로잡아, 도제경 장문인이나 이석약 소저에게 넘겨주는 것까지만 하는 겁니다. 그들에 대한 처분은 결국, 도 장문인의 몫이니까요."

"으음."

백무결이 천천히 고개를 끄덕였다. 그 정도라면 나쁘지 않을 것 같았다.

"알겠소이다. 그러면 방금 떠난 전규백을 쫓아야 하는 것 아니오?"

하세견이 짙은 미소를 지으며 말했다.

"단주께서는 일단 이곳에서 혹시 모를 왜구들의 침입에 대비해 주십시오. 제가 절반 정도의 단원들을 이끌고 가 보겠습니다."

"그 정도 전력으로 괜찮겠소?"

"조심해야 할 건 임사균 한 사람이지 않습니까?"

"그래도 하나의 문파를 상대하는 일이오."

명도문은 현 단위의 지역을 차지한 작은 문파였다. 초절 수준에 오른 고수인 임사균이 있기는 했지만, 절반 이상은 아직 실전 경험이 거의 없는 무인들이었다.

"명도문의 총 인원은 대략 백여 명 정도입니다. 내부에서 분열이 있었다면, 장문인과 같은 항렬의 일대 문인들과 이석약 소저와 같은 항렬의 이대 문인들을 주축으로 생긴 일일 테지요. 그간 알려진 분위기로 보면, 이석약 소저를 지지하는 측은 그리 많지 않았습니다만 그래도 최소한 열 명 정도는 죽어 나갔을 겁니다."

하세견의 분석에 백무결이 고개를 끄덕였다. 그가 보아 온 명도문의 분위기를 생각하면 아마 정확할 것이다.

"명도문의 백여 명 중에서 절반 정도는 실전 경험도 거의 없고 나이도 어린 삼대 문인들입니다. 즉, 백여 명 중 오십 명이 빠지고 죽은 열 명까지 생각하면 상대해야 할 자들은 마흔 명가량이지요. 거기서 방금 빠져나간 열 명을 먼저 사로잡으면, 서른 명으로 줄어듭니다. 왜구들을 상대로 쉴 새 없이 실전을 쌓아 온 저희들입니다. 게다가 모두들 절정에는 이르렀지요. 같은 초절 수준인 제가 임사균을 묶어 놓기만 해도 충분히 가능합니다."

"하지만 우리는 그들을 죽이는 게 아닌 사로잡는 걸 목적으로 하는 것 아니오?"

"물론입니다. 그래도 충분합니다. 대신, 상처 하나 없이 사로잡는 건 힘들 겁니다. 그렇다고 이곳을 비워 놓을 수는 없는 일 아니겠습니까? 제 생각에는 그 정도 선으로

정하는 게 가장 좋을 듯합니다."

잠시 고민하던 백무결이 천천히 고개를 끄덕였다.

"우리 단원들이 상하는 것도 생각해서 무리 없이 진행해 주시오."

"알겠습니다. 일단은 방금 나간 전규백 일행을 추적하도록 한 사람 먼저 보내고, 나머지는 제가 따로 단원들을 추려서 가 보겠습니다."

"수고하시오."

"왜구들의 수는 모두 합쳐서 천 명 정도였습니다. 그외에, 왜구들에게 피랍되어 부림을 당하고 있는 인근 주민이 백 명가량. 왜구들 개개인의 무공 수준까지는 파악이 힘들었습니다만, 초절 수준의 무인은 스무 명 안팎인것으로 보입니다."

간단하게 왜구들의 근거지에 대해 설명한 담기령이, 모여 있는 이들의 얼굴을 쓱 훑었다.

처주무련의 련주이자 담씨세가의 가주 담고성, 진가장의 진충회, 상운방의 석대운, 거기에 담기명과 진수명, 곽구재, 이세신과 유춘. 명도문을 제외한 각 방파의 주요 인물들이 모두 모여 있었다.

하지만 아무도 반응을 보이지 않는다. 하나같이 어두운 얼굴로 각자만의 생각에 잠겨 반쯤 정신이 나간 듯 멍한 표정이었다.

다들 표정은 제각각이지만 그 이유는 하나. 명도문 장문인 도제경의 죽음 때문이었다.

책임감과 죄책감, 이석약에 대한 걱정과 처주무련의 미래에 대한 걱정으로 모두들 머릿속이 복잡했다.

잠시 입을 다물고 있던 담기령이 갑자기 무거운 한숨을 내뱉으며 말했다.

"후우! 이만 정신들을 좀 차리시면 좋겠습니다."

냉정한 한마디에 모두의 시선이 담기령에게로 향했다. 그리고 가장 먼저 입을 연 사람은 석대운이었다.

"도 장문인의 죽음에 가장 책임이 있는 사람은, 담 관주가 아닌가. 그런데 이렇게 아무렇지도 않게 말해도 되는 건가?"

원래 떠오르는 말은 거리낌 없이 내뱉은 석대운의 성격상, 맺혀 있는 말이 그대로 튀어나왔다. 하지만 담기령은 아무렇지도 않은 듯 담담한 표정으로 말했다.

"도 장문인의 죽음에 가장 책임이 있는 사람은, 명도문의 이구형입니다. 그리고 그 일을 꾸민 임사균이지요. 또한 문 내의 후사를 제대로 정리하지 못한 도 장문인 본인에게도 책임이 있습니다."

방 안의 분위기가 순식간에 싸늘하게 식었다. 담씨세가의 네 사람을 제외한 나머지 모두 담기령을 노려보는 눈길이 곱지가 않았다.

하지만 담기령은 조금도 물러서지 않았다.

"제가 단초를 제공한 것은 분명합니다. 하지만 그 일은 당시 있었던 우리 모두가 동의했던 일입니다. 돌아가신 도 장문인까지도요. 그런데 그로 인해 일이 벌어졌다고 책임을 져야 한다면, 다 같이 책임을 져야 하는 겁니까?"

"하지만……."

석대운이 뭐라고 대꾸를 하려 했지만, 담기령이 그의 말을 잘랐다.

"만약, 이 소저와 청 대협이 저를 원망한다면 그것은 제가 감수할 겁니다. 그리고 제가 할 수 있는 한 책임을 지도록 하지요. 하지만 지금 그보다 급한 일이 있는데, 다른 생각으로 시간을 허비할 생각이십니까?"

담기령의 일갈에 석대운도 더 이상은 말을 하지 못하고 깊이 생각에 잠겼다.

꽤 긴 정적이 흐른 후, 담기령이 다시 입을 열었다.

"일단 제 생각은 밤중에 사람들 틈을 피해 주산군도까지 이동을 한 후, 그곳의 어부 중 한 사람을 길잡이로 고용해 복귀도로 향하면 될 것 같습니다. 토벌에 참여할 수 있는 각 방파의 무인들과 구씨세가의 무인들까지 생각하면, 사람의 수는 우리가 밀리지만 종합적인 전력만 따졌을 때는 충분히 왜구들을 상회할 수 있으리라 생각합니다. 초절 수준의 고수들이 있기는 하지만, 구씨세가의 무인들 중에 수준이 높은 이들이 많고 우리 측에도 그 동안의 실전 경험 덕분에 절정 수준 서너 명이 합공하면 하나 정도는 충분히 막을 수 있습니다."

모두들 고개를 끄덕였다. 하지만 여전히 담기령의 이야기에 집중하고 있는 모습이 아니었다.

"후우, 가능하면 지금 세부적인 계획까지 논의하고 싶지만, 아무래도 그럴 수 있는 상황이 아닌 것 같군요. 구 의위정이, 구씨세가 무인들과 함께 도착하면 그때 다시 이야기하도록 하지요. 그리고 이 학사와 유 탁사는 나와 따로 구상을 하도록 합시다."

말을 마친 담기령이 성큼성큼 방을 나서고, 이세신과 유춘이 황급히 그 뒤를 따랐다.

다시 정적이 내려앉은 방 안. 한참을 끙끙거리며 앓는 소리를 내던 진충회가 넌지시 입을 열었다.

"거, 생각해 보니…… 꼭 담 관주의 책임이라고만 하기는 좀 무리가 있는 것 같습니다만?"

그 말에 석대운이 짜증스러운 목소리로 대꾸했다.

"누가 그걸 몰라서 이러는 거요? 너무 아무렇지도 않게 행동하니 그 때문에 이러는 거지."

"하지만 담 관주의 말대로 지금은 집중해야 할 일이 있지 않습니까?"

"모르겠소. 지금이 그런 걸 생각할 때인지."

짧은 대화 끝에 방 안의 분위기가 한층 더 싸늘하게 식었다. 그사이에서 곤혹스러운 사람은 담고성과 담기명 두 사람. 일단은 이 분위기라도 어떻게 해야 될 것 같은데, 사안이 너무 심각하니 그러기가 쉽지가 않았다.

"하아!"

간헐적으로 새어 나오는 한숨 소리. 하지만 그 누구도 일어날 생각이 없는 듯, 정적 속에서 묵묵히 앉아만 있을 뿐이었다.

각자 걱정스럽고 미안한 마음도 있었지만, 또 한편으로는 어떻게든 분위기를 쇄신해야 한다는 생각에 이러지도 저러지도 못하고 있는 것이었다.

그렇게 한 식경이나 흘렀을까.

"이석약입니다."

갑자기 문 밖에서 들린 목소리에 모두의 얼굴이 창백하게 변했다. 이석약의 얼굴을 어떻게 볼지 모르겠다는 얼굴들. 하지만 이석약은 거침없었다.

"들어가겠습니다."

말을 마치는 동시에 방문이 활짝 열렸다. 그리고 이석약이 모두에게 포권을 하며 말했다.

"회의가 있는데 참석하지 못해 죄송합니다. 저희 장문 인께서 변고를 당하시는 바람에 경황이 없어 그리되었습니다."

대답을 한 사람은 담고성이었다.

"아, 아닐세."

"그런 이유로……. 앞으로는 제가 명도문의 장문인으로서 참석하겠습니다."

모두들 할 말을 잃었다. 그리고 걱정스러운 눈으로 이석약을 보았다. 딱딱한 어조로 말하는 이석약의 얼굴에는 일절 감정이 보이지가 않았다. 마치, 장문인의 죽음을 부정하려는 듯한 모습.

그렇기에 이석약이 더욱더 안쓰러웠다.

한참을 고민하던 담고성이 힘겹게 입을 열었다.

"우리가 그런 결정을 내린 탓에…… 일이 이렇게 되었네."

하지만 이석약은 고개를 내저었다.

"그 결정에는 제 사부님의 의사도 포함되어 있습니다. 이는 누구를 탓할 수 있는 일이 아닙니다. 그러니 그 일 때문에 미안해하실 필요는 없습니다. 책임이 있다면, 명도문 문도들의 책임일 뿐입니다."

아까 담기령이 했던 것과 거의 똑같은 맥락의 이야기. 모두들 힘겨운 표정으로 묵묵히 고개를 끄덕였다. 그리고 진충회가 잠시 망설이는 듯하더니 조심스레 입을 열었다.

"도 장문인의 장례는 어찌하실 생각인가?"

"왜구들을 토벌한 후에 했으면 합니다."

"그, 그렇군."

"앞으로의 계획은 어찌 되는지요?"

"그건…… 일단 구 의위정이 구씨세가 무인들을 데리고 오면 세세한 계획을 짜기로 했네. 그, 그때까지는 좀 더 쉬도록 하시게."

"그렇군요. 그러면 저는 명도문의 장문인으로서 왜구 토벌에 참가하겠습니다."

담고성이 깜짝 놀라 물었다.

"이 소저…… 아니, 이 장문인. 지금 팔이 그런 상태인데 어찌 그러겠단 말인가? 그냥 쉬시게나."

"아닙니다. 명도문은 처주무련을 구성하고 있는 문파입니다. 빠질 수 없습니다."

모두들 말없이 이석약을 보았다. 이석약의 생각을 충분히 짐작할 수 있기 때문이다.

명도문을 처주무련 소속 문파로서 계속 유지시키기 위해서는 이번 일에 빠져서는 안 되기 때문이다. 이 자리에 있는 각 방파의 주인들이 괜찮다고 해도, 속해 있는 다른 무인들은 그것을 받아들이지 않을 수도 있는 문제였다.

현재 제대로 된 명도문 문도는 단 세 사삼. 이석약과

청이문, 정삼영뿐이었다. 문파 내부의 문제를 정리하면 아무것도 모르고 끌려간 어린 제자들이 다시 명도문의 정식 제자가 되기는 할 것이다. 하지만 명도문은 작은 동리의 무관보다 못한 수준으로 전락할 수밖에 없었다.

그렇게 힘을 잃은 명도문이, 또 다른 누군가의 위협을 막는 동시에 세력을 키우고 유지하면서 정통성을 이어 가기 위해서는 처주무련이라는 커다란 울타리가 반드시 필요했다.

그러기 위해서는 명도문에서는 꼭 이번 왜구 토벌에 참가해야 하는 것이다. 거기에 뼈에 금이 가 부목을 하고 있는 이석약의 참가는 꽤나 상징적인 의미가 부여될 것이다. 문파에 문제도 있고 팔도 성치 않은데 왜구 토벌에 참가했다는 사실은, 명도문이 처주무련 소속 방파라는 것을 모두의 머릿속에 분명하게 각인시킬 수 있는 계기가 되리라.

"알겠소."

힘겨운 목소리로 고개를 끄덕이는 담고성을 향해 이석약이 말을 더했다.

"하지만 저희 명도문에서 토벌에 참가하는 것은 저 하나밖에 없을 것입니다."

명도문 문내의 일을 해결하려면, 임사균 일행이 어디에 있는지 어떻게 움직이는지 알아야 했다. 그것을 위해 청

234

이문과 정삼영은 이미 선도산으로 떠난 상황이었다. 그들을 설득시키는 것 또한 쉬운 일이 아니었지만, 이석약은 모든 것이 명도문의 훗날을 위한 것이라는 점을 들어 억지로 납득하게 만들었다.

앞날을 위해 상황을 살피고, 처주무련이라는 든든한 울타리를 얻기 위해 단 세 사람으로 할 수 있는 최선의 방법.

담고성, 진충회, 석대운이 말없이 고개를 끄덕였다. 도제경의 죽음에 대해 책임감을 느끼고 있는 그들이었기에, 이석약이 부리는 약간의 억지를 받아들일 수밖에 없었다. 또한, 그들 역시 한 세력의 주인으로서, 현재의 명도문이 선택할 수 있는 다른 방향이 없다는 것을 알기 때문이었다.

모두의 허락을 받아낸 이석약이 담담한 목소리로 말했다.

"다음 회의가 있을 때 불러 주십시오."

"그렇군요. 알겠습니다."

말을 마친 이석약이 조금의 흔들림도 없이, 성큼성큼 방을 나섰다. 그리고 방 안에 모여 있던 이들도 하나둘 각자의 방으로 돌아갔다.

8장
복귀도 섬멸전

"노대."

낮게 속삭이는 구종삼의 부름에 유일두가 누운 자세 그대로 슬쩍 고개를 들었다.

유일두가 누워 있는 곳은, 커다란 방 안에 무릎 높이의 평상을 짜서 만든 단체 침상. 거대한 침상에는 왜구들에게 끌려와 노예 생활을 하는, 유일두와 같은 입장의 사람들이 잠들어 있었다.

세심하게 주변을 살펴보지만, 모두들 낮 동안의 고된 일에 시달린 탓에 잠에서 깨는 이는 없었다. 오히려 높고 낮은 코 고는 소리만이 더욱 또렷하게 들릴 뿐.

하지만 유일두는 바로 대답하지 않고 조금 더 시간을

보냈다. 유일두는 그렇게 일각여를 보낸 후에야 구종삼을 향해 한껏 목소리를 낮춰 대답했다.

"왜 그러느냐?"

"우리 아무래도 그놈한테 당한 거 같지 않소?"

"그놈? 담 공자 말이냐?"

"응. 그 담 뭐라는 놈. 오려면 벌써 왔어야지."

"이놈아, 왜구들 근거지를 토벌하는 게 그리 간단하게 될 일이더냐? 배도 먼 길을 가야 되니 그것도 허락을 받아야 될 것이고."

유일두의 말에 구종삼이 바로 얼굴을 구겼다.

"아무튼 노대는 사람을 너무 믿는다니까? 뭍에서 여기까지 배로 오면 이틀이면 오잖아. 그런데 벌써 보름이 지났잖아. 아직까지 안 왔다는 건, 그냥 그놈한테 당한 거야."

"기껏 사기나 치자고 여기까지 왔겠느냐? 왜구 놈들 배에 매달려서 여기까지 와서 뭐하러 그런 짓을 해?"

구종삼이 답답한 표정으로 고개를 설레설레 저었다.

"하아, 참. 그러니까 그거부터가 사기였던 거지. 그놈 사실은 바다에서 일을 당하는 바람에 표류해 왔던 걸 거야. 그런데 깨어 보니 왜구 놈들 소굴이었던 거지."

"그래서?"

"그래서는 무슨 그래서? 딱 보니 쉽게 나가기는 그른

240

것 같고, 가만히 살펴보니 유 노대처럼 순진해서 등쳐 먹기 딱 좋은 껀수가 있었던 거지. 배고프다고 먹을 거 달라는 것도 좀 뭔가 어설퍼 보였다니까."

구종삼은 심드렁한 표정으로 말을 마친 후, 다시 생각해도 자신이 아주 제대로 상황을 파악했다는 생각에 고개를 주억거렸다.

"그, 그래서 이제 어쩌자고?"

"어쩌긴 뭘 어째? 내일부터 다시 뗏목이나 짜자. 저번에 한 달쯤 걸렸으니, 이번에는 보름이면 될 거야."

산골과 농가의 아이들이 집안일을 거들 수 있을 쯤이 되면 보통 나무를 하러 가듯, 어촌의 아이들은 바다로 나간다. 먼 바다로 가지는 않지만, 가까운 바다에서 조개류나 굴을 따며 집안일을 거드는 것이다.

당연히 뗏목을 만드는 것도 그리 어려운 일이 아니다. 다만, 이곳에서 뗏목을 만들자니 왜구들의 눈을 피해야 했기에 그게 어려웠던 것뿐.

하지만 이미 한 번 만들어 본 덕분에 왜구들의 눈을 피하는 요령이 붙어 지난번보다 훨씬 더 빨리 만들 수 있을 것이라 생각하는 것이다.

"흐음, 아니야."

"아니긴, 뭐가?"

"그렇게 사기를 칠 사람으로는 안 보였다고."

"하아, 아무튼 노대는 그 나이를 먹고도 사람이 너무 순진하다니까."

"이놈아, 이 나이를 먹으면 너같이 젊은 놈들 눈에는 안 보이는 게 보이는 법이야."

"뭐 그럼 그렇다고 치자고. 그래도 내일부터 뗏목은 다시 만들자고. 그 염치 없는 담 공자 놈이 오면 좋은 거고, 안 오면 뗏목으로 우리라도 탈출하면 좋은 거고. 안 그래?"

유일두가 입맛을 다시며 구종삼을 보았다. 생각해 보면 구종삼의 말도 그리 틀린 건 없었다. 담기령을 믿고는 있었지만, 그렇다고 뗏목 하나 더 짜 놓아서 손해 볼 건 없지 않은가.

위험하기야 하겠지만, 이미 들키지 않을 정도의 요령은 붙어 있던 참이었다.

"그래, 그럼 내일부터……."

삐이이이이익!

유일두의 말을 자르는, 갑자기 울려 퍼진 고음의 피리 소리.

"이건?"

말을 멈춘 유일두가 구종삼과 눈을 마주쳤다. 평범하지 않은 피리 소리. 이곳에 끌려온 지 꽤 시간이 흘렀지만 한 번도 들어 본 적이 없는 낯선 소음. 하지만 이상하게도 반가운 소리였다.

유일두가 멍한 표정을 지어 보이는 찰나, 구종삼이 벌떡 일어나며 외쳤다.

"왔다!"

"뭐, 뭐하는 거야? 어서 누워!"

잠을 자야 할 시간에 이렇게 움직인다는 건, 밖에서 번을 서고 있는 왜구가 들어와 무자비하게 두드려 팬다는 뜻이었다.

구종삼이 기겁하며 말리는 유일두의 손을 뿌리치며 외쳤다.

"그 담 공자 놈이 왔다니까! 기억 안 나? 무슨 소리 나는 화살을 날릴 거라고 했잖아!"

"아!"

그제야 유일두의 머릿속에 번뜩 떠오르는 이야기

"명적(鳴鏑)!"

화살대에 짧고 작은 피리를 매달아, 쏘아 올리는 순간 고음의 피리 소리가 울려 퍼지는 신호용 화살.

삐이이익, 땡땡땡땡!

또 한 번 울리는 명적 소리, 그리고 뒤이어 사방을 울리는 요란한 종소리. 왜구들이 사용하는 경종(警鐘) 소리였다. 다시 말해 적이 침입했다는 뜻.

"왔다!"

뒤늦게 상황을 완벽하게 인지한 유일두가 벌떡 일어나, 거대한 침상 위에 잠들어 있는 사람들을 흔들기 시작했다.

"일어나! 뭍으로 갈 수 있어!"

구종삼 역시 두 눈을 반짝반짝 빛내며 사람들을 깨우기 시작했다.

"야야, 일어나! 나가자, 나가!"

"정말 괜찮겠나?"

구지섬이 불안한 표정으로 물었다.

"걱정 마십시오."

망설임 없이 대답하는 이는 시위에 화살을 걸고 있는 담기령이었다.

두 사람은 복귀도 남동쪽 해안에서, 바다를 등진 채 나란히 서 있었다. 정면으로는 왜구들의 마을이 보이고, 발치에는 바깥 바다를 경계하던 왜구 졸개 두 명이 숨이 끊어진 채 쓰러져 있었다.

자신만만한 담기령의 대답에도, 구지섬은 여전히 불안한 표정이었다. 그사이 담기령이 명적을 걸어 놓은 활시위를 한껏 당겼다.

"자, 잠깐!"

구지섬이 황급히 담기령의 어깨를 잡았다. 담기령이 활을 쥔 자세 그대로 고개만 돌려 뚱한 표정으로 물었다.

"왜 그러십니까?"

지금 쏘아 올릴 명적은, 유일두와 구종삼에게 보내는 신호인 동시에 왜구 토벌에 참가한 다른 방파 사람들에게 보내는 신호이기도 했다.

왜구 토벌을 위한 준비가 끝난 이상, 가능하면 빨리 신호를 보낼 필요가 있었다. 그걸 막았으니 당연한 반응.

"마을에 있는 왜구들만 따져도 거의 오백은 될 걸세. 그 속에서 혼자 미끼가 되겠다는 말인가? 결국은 완전히 포위되고 말 걸세."

복귀도에 머물고 있는 왜구의 수는 거의 천 명이었다. 그중 마을에 머무는 놈들이 오백, 나머지는 섬 인근에 정박해 있는 배에 머물고 있었다.

따로 접안 시설이 없는 이런 섬에서는, 대형 선박은 수심이 얕은 해안으로 배가 들어올 수 없었다. 가능한 육지에 접근한 다음, 닻을 내리고 정박한 후 작은 배를 이용해 뭍으로 올라야 했다.

왜구들에게 가장 중요한 것이 배인 만큼 비워 둘 수는 없는 법. 그래서 절반 정도의 왜구들은 배를 지키기 위해 그곳에 머무는 것이었다.

"힘들다고 보십니까?"

"그럼 쉽다고 생각하나?"

담기령은 이미 초절에 오른 고수였다. 반면, 왜구 졸개들의 대부분은 일류 아니면 이류 수준의 무위를 가지고 있었다.

담기령이 상대하는 데는 차고도 넘친다. 하지만 그 수가 오백여 명에 육박하면 문제가 다르다.

아무리 미끼 역할이라 해도, 사람의 체력에는 한계가 있고 상대할 수 있는 수는 한정되어 있다. 끝도 없이 밀려드는 왜구들을 베고, 공격을 막고, 밀고, 뚫고 나가다 보면 왜구들을 죽이기 전에 체력이 먼저 소진되고, 완전히 포위될 것이 분명했다.

구지섬의 눈길이, 담기령이 걸치고 있는 낯선 양식의 갑주로 향했다. 하지만 이내 고개를 설레설레 저었다. 갑주를 입었다고 왜구들의 칼을 무시할 수는 없는 노릇이기 때문이다.

하지만 담기령은 생각이 달랐다.

"가능합니다."

담기령의 담담한 표정에 구지섬은 심히 곤혹스러워졌다. 지극히 담담한 표정을 짓고는 있었지만, 한편으로는 눈가에 긴장감이 역력한 탓이었다.

스스로에 대한 과신이나 자만심으로 하는 말이라면 저렇게 긴장할 리가 없었고, 그런데도 할 수 있다고 담담하게 말할 수 있는 것은 정말 할 수 있다고 생각하기 때문이었다. 그러니 구지섬으로서도 말릴 수가 없었다.

'하긴……'

구지섬은 자신이 이 계획에 동의한 이유를 다시 한 번 떠올렸다.

처주무련 사람들이 모두 가능하다고 판단을 내렸기 때문이었다. 자식 걱정으로 계획 자체를 반대했던 담고성조차도, 불가능하다고 생각하지는 않았다.

최근에야 이름을 알리고 있는 처주무련이지만, 왜구들과 치열하게 싸워 왔고 그만큼 왜구들에 대해 잘 아는 그들이었다. 그런 그들이 가능하다고 판단했기에 자신도 한번 믿어 보리라 생각한 것이었다.

'갑주로 펼치는 무공이라 했었지?'

담기령에 대해 파악하고 있는 정보 중 하나였다. 손에 든 칼만이 아니라, 갑주를 이용하는 무공이 있다고 했었다.

'궁금했었는데, 오늘 볼 수 있겠군.'

그러는 사이 담기령이 다시 시위를 당겼다.

삐이이이익!

화살이 날카로운 피리 소리를 매단 채 하늘 높이 솟구쳤다.

"그럼 먼저 가 보겠습니다."

말이 끝나기가 무섭게 담기령의 신형이 왜구들의 마을로 쇄도했다.

"무, 무슨 소리냐!"

"당장 나가 봐!"

왜구들의 숙소, 갑작스레 울린 명적 소리에 여기저기서 고함이 터져 나왔다.

"당장 무장해라! 다이치, 상황을 살펴!"

제십이 돌격대 대장 코바야카와 히데모토(小早川 秀元)의 외침에, 부대장 다이치가 재빨리 막사를 튀어 나갔다.

삐이이익!

다이치가 밖으로 나오자마자 또 한 번의 명적이 울렸다.

"미친!"

다이치의 입에서 짧은 감상이 터져 나왔다. 말 그대로 미친놈이었다. 마을을 관통해 해안까지 이어지는 큰길의 입구에 한 사내가 서 있는 것을 본 탓이었다.

검은 갑주를 입은 사내가 손에 든 활을 버리더니, 푸른 대도를 집어 들었다.

"뭣하는 놈이냐! 잡아!"

"배를 지켜라! 저놈 외에 다른 병력이 없는지 살펴!"

한 호흡 늦게 밖으로 튀어 나온 각 돌격대 대장들이 버럭버럭 소리를 질러댔다.

"흐아앗!"

"죽어!"

돌격대장들의 호령과 함께 왜구들이 악을 쓰며 갑주의 사내를 향해 쇄도했다.

다이치 역시 칼을 그러쥔 채 천천히 호흡을 골랐다.

탓!

그리고 한 걸음 앞으로 내디딘 찰나, 갑자기 그 자세 그대로 다이치의 신형이 굳었다.

"저게 뭐야?"

사내가 입고 있는 검은 갑주의 표면 위에 갑자기 금이 가듯 푸른 선이 그어지고 있었다.


쏴아아아!

검은 밤하늘에 백여 개의 시뻘건 불덩이들이 긴 꼬리를 늘어트린 채 솟아올랐다. 그리고 정점에 도달한 순간 완만한 곡선을 그리며 휘어지는가 싶더니, 세찬 폭우처럼 아래를 향해 쏟아져 내린다.

파바바바박!

"적이다!"

"불이야, 불!"

요란한 외침이 울렸다. 말아 놓은 주돛, 돛대, 갑판에 서부터 선체 곳곳에 박힌 것은 불화살들.

화르르륵!

가장 먼저 주돛에서 화염이 피어올랐다.

"불을 꺼라!"

"뭣들 하느냐, 불을 꺼!"

다급한 외침이 왜구들의 안택선 곳곳에서 터져 나왔다.

그사이, 검은 수면 위로 새하얀 포말을 그리며 빠르게 다가가는 무언가가 있었다.

스무 명가량의 사람들을 태운 채 물살을 가르는 작은 쾌속선들. 정확하게 열을 이룬 채 수면을 달리던 열 대의 쾌속선이 갑자기 사방으로 일사불란하게 흩어진다.

해변 가까운 곳에 정박해 있던 안택선들을 향해 다가가는 쾌속선의 선두, 그 배의 뱃머리에 서 있는 이는 바로 담고성이었다.

오른손에 대도를 불끈 쥔 담고성이 깊이 가라앉은 눈으로 가까워지는 안택선의 뱃전을 노려보았다.

쾌속선이 갑자기 방향을 틀며, 안택선을 중심으로 우회하듯 반원을 그리며 안택선의 선미로 향한다.

"스으읍!"

담고성이 깊은 호흡과 함께 자연스레 양 어깨를 늘어트리는 순간, 쾌속선이 안택선의 선미에 도달했다.

"타아앗!"

와지끈, 꽈앙!

외침과 함께 휘두른 대도가 안택선의 방향타를 산산조

각 냈다.

동시에 뒤에 있던 기응천이 준비하고 있던 나팔을 입에 가져다댔다.

부우우우우!

낮고 묵직한 소리가 수면 위로 퍼지며 사방을 뻗쳤다.

부우우우우!

그리고 그것이 신호라도 된 듯, 사방에서 똑같은 소리가 울리기 시작했다. 각각의 쾌속선들이, 자신이 맡은 안택선의 방향타를 부쉈다는 신호였다.

즉, 모든 안택선이 항해가 불가능하다는 뜻. 남은 것은 배에 머물고 있는 왜구들을 처리하는 것이었다.

철컥, 철컥!

쾌속선에서 솟구친 갈고리가 갑판 난간에 걸리는 순간, 갈고리에 연결된 밧줄이 팽팽하게 당겨지며 처주무련 무인들이 안택선의 갑판 위로 올라섰다.

"끄아아악!"

비명과 함께 왜구들이 줄줄이 쓰러졌다.

"절대 호위를 풀지 말고 안전하게 이동하라!"

"예!"

구지섬의 명령에 쉰 명의 무인들이 이구동성으로 외쳤다. 모두 남색의 무복에 남색의 영웅건을 질끈 동여맨 무인들. 바로 항주 구씨세가의 무인들이었다.

그들의 역할은, 왜구들에게 끌려와 노예 생활을 하고 있는 양민들을 구출하는 것이었다.

전장이 되어 버린 마을에서, 무공도 모르고 노예 생활로 체력이 떨어진 사람들을 호위해 안전한 곳까지 피신시킨다는 것은 아주 힘든 일이었다.

그렇기 때문에 이번 왜구 토벌에 참가한 방파들 중, 가장 무공 수준이 높은 구씨세가에서 그 일을 맡게 된 것이었다.

"서둘러라!"

구지섬이 급한 목소리로 외쳤다. 최대한 빨리 사람들을 안전한 곳까지 이동시킨 후, 최소한의 호위만 남긴 채 담기령을 도우러 가야 되기 때문이었다.

"돌아볼 필요 없소. 앞사람을 따라 무조건 뛰기만 하시오!"

구지섬이, 호위 속에서도 두려운 표정으로 사방을 두리번거리는 사람들을 타이르듯 말했다.

"갑시다!"

호위의 선두에 있던 구씨세가 무인이 큰소리로 외치며 발을 움직였다.

"웬 놈들이냐!"

"서라!"

252

왜구들이 알아들을 수 없는 소리로 악을 쓰며 이쪽을 향해 우르르 달려왔다.

"내가 맡는다."

구지섬이 외침과 함께 왜구들을 향해 몸을 날리려는 찰나, 날렵한 인영 하나가 구지섬과 나란히 달렸다. 고개를 돌려 얼굴을 확인한 구지섬이 흠칫 놀라며 외쳤다.

"이 소저?"

명도문에서 유일하게 왜구 토벌에 참가한 이석약이었다. 부상이 있는 탓에, 구씨세가와 함께 양민들을 구출하는 역할을 하기로 한 것이었다.

구지섬의 눈길이 부목을 대고 있는 이석약의 왼팔로 향했다. 동굴에서 전규백에게 당해 금이 갔던 팔뚝이 아직 낫지 않은 탓에, 이석약은 오른손에만 일섬도를 그러쥐고 있었다.

"혼자서는 다 못 막습니다!"

마을이라는 곳은 외길이 아니다. 집과 집 사이로 무수히 많은 길들이 나 있다. 아무리 무공이 강해도 홀로 모든 길을 막을 수는 없는 법.

"하지만 그 팔은……."

구지섬이 불안한 듯 뭐라 말을 하려 했지만, 이석약은 이미 앞으로 뛰어나가고 있었다.

"오른쪽을 맡아 주세요!"

"쯧!"

구지섬이 저도 모르게 혀를 차며 급히 이석약이 말한 방향으로 몸을 날렸다.

"끅!"

이를 악문 이석약의 입에서 옅은 신음이 흘러나왔다. 부상을 당한 왼팔이 쉴 새 없이 신경을 자극했다.

왼팔을 쓴 것은 아니다. 하지만 쓰지 않는다고 해서 아무런 영향도 없는 것이 아니었다.

사람의 팔과 다리는 특별히 사용하지 않아도 항상 몸의 균형을 맞추는 데 많은 역할을 한다. 걸을 때 나가는 발과 반대 방향의 손이 앞으로 나가는 것도, 중심을 잃었을 때 팔을 허우적대는 것도 그런 이유였다.

그렇기 때문에 오른팔을 휘두를 때는 왼팔이 그 자세를 유지하기 위한 역할을 한다는 뜻이고, 오른손으로 무언가를 치게 되면 되돌아오는 반탄력이 왼팔에까지도 미친다는 뜻이었다.

특히나 무인의 몸은, 외부의 충격을 넓게 분산시키는 것이 완전히 몸에 익은 상태.

"큭!"

오른손의 일섬도가 왜구를 베고, 왜구의 공격을 막아낼 때마다 왼팔이 끊어질 것처럼 아팠다.

하지만 이석약은 한 걸음도 물러서지 않은 채, 달려드

는 왜구들을 베었다.


지이이잉!

구지섬의 장검이 맑은 검명을 터트리는 동시에 불쑥 새하얀 빛줄기가 솟구쳤다.

검강.

'삭'이 '기'를 이용해 자아낸 실이라면, '강'은 그 삭으로 짜 놓은 한 필의 비단인 셈이다. 몸속의 내공을 몸 밖으로 발출하여 유형화시킨 것들 중 가장 높은 밀도로 응집된 최강의 형태.

"거, 검강!"

"피, 피해라!"

달려오던 왜구들이 사색이 된 얼굴로 황급히 발을 멈췄다.

"멈춰!"

"아악!"

선두의 왜구들이 갑자기 멈춰 서는 바람에 뒤쫓아 오던 왜구들과 부딪치고 밀리며 서로 엉켜 사방으로 굴러댔다.

슈아아악!

한 번의 도약으로 이 장의 거리를 줄인 구지섬의 장검이, 한데 엉킨 왜구들을 쓸었다.

"아아악!"

비명이 난무하고 어지럽게 피가 솟구쳤다. 잘려 나간 칼과 사람의 몸뚱이가 사방으로 튀어 올랐다.

"죽어라!"

왜구들이 악에 받친 얼굴로 구지섬을 향해 칼을 휘둘러 대지만, 구지섬의 섬전 같은 검격에 우르르 무너져 내렸다.

스무 명의 왜구를 간단하게 처리한 구지섬이 사람들을 피신시킨 쪽으로 방향을 틀었다. 그러다 갑자기 멈칫하며 급히 고개를 돌려 마을 안쪽으로 고개를 돌렸다.

동시에 구지섬의 두 눈이 갑자기 휘둥그레졌다. 뭔가 아주 이상한, 이해할 수 없는 광경이 구지섬의 시야에 담긴 탓이다.

"으아아악!"

사방으로 튕겨 나가는 왜구들. 그 중심에서 사나운 기세로 왜구들을 몰아붙이는 담기령의 모습. 손 한 번 제대로 써 보지 못하고 주검이 되어 흩어지는 왜구들의 모습은 말 그대로 경이적인 광경이었다.

하지만 정작 구지섬을 기겁하게 만든 것은 다른 데 있었다.

"삭(索)?"

담기령의 검은 갑주의 표면에, 균열이 생긴 것처럼 엉겨 있는 푸른 선들. 바로 기를 새끼줄처럼 꼬아 만드는,

이기도삭이었다. 몸에 걸치고 있는 갑주에, 유형화된 기운을 씌운다니. 구지섬으로서는 상상도 해 본 적 없는 일이었다.

"아!"

하지만 거기에 놀라고 있을 때가 아니었다. 어서 사람들을 피신시키고, 마을의 왜구들을 밀어야 했다. 놀란 마음을 애써 진정시킨 구지섬이 급히 마을을 벗어났다.

중원과는 사뭇 다른 기괴한 복식의 왜구들이 담기령의 시야에 가득 찼다.

쉐에엑!

사방에서 창날이 밀고 들어오고, 날렵한 생김의 왜도가 바람을 가르며 날아들었다.

하지만 그 모든 것들은 이내 시뻘건 피로 뒤덮인다. 귀가 따가울 정도의 비명이 귓전에서 요동쳤다.

산산 조각난 왜도의 파편과 뿜어져 오른 붉은 핏줄기, 그리고 뜯겨 나가며 비산하는 붉은 덩어리들이 허공을 향해 솟구쳤다가 이내 비처럼 바닥으로 후두둑 떨어져 내렸다.

"후우!"

담기령은 차분하게 가라앉은 눈으로 짧게 심호흡을 했다. 지금 담기령은 그 어느때보다 냉정하고 차분하게 상황을 주시하고 있었다.

갑옷에 물기성형의 기를 씌운 것이 아니라, 이기도삭의 삭을 덧씌운 상태. 한층 강렬한 기운을 불어 넣은 탓에, 그 어느 때보다 공력의 운용이 중요했다. 그러니 절대적인 감정의 조절이 필요했고, 그를 위해서는 극도의 냉정함을 유지해야 했던 것이다.

"웬 놈이냐!"

왜구 중 갑주를 제대로 갖춰 입은 세 명의 무사가 버럭 소리를 지르며 담기령을 향해 달려들었다.

"후읍!"

담기령은 급히 호흡을 골랐다.

달려드는 세 왜구 무사의 왜도가 허공을 가르며 묵직한 소음을 흩뿌렸다.

직선적이지만, 간결하면서도 강렬한 기운을 한번에 폭발시키는 것이 왜구 무사들의 도법. 세 자루 왜도에서 순간적으로 강렬한 기운이 불쑥 솟구치며 담기령을 향해 세찬 궤적을 뿌렸다.

쩌저정!

세 줄기 번개가 섬전처럼 담기령의 전신을 난도질했다.

"큭!"

하지만 신음을 집어삼킨 쪽은 왜구들. 강렬한 반탄력에 손에서 어깨까지 모든 관절들이 저릿한 통증에 휘감긴다.

왜구들의 칼에서 솟구친 기운은 도삭이었다. 그리고 담기령의 갑주를 휘감고 있는 것 역시 삭. 하지만 팔황불괘공은 단순히 막는 것이 아니라, 공격의 힘이 터지는 순간을 빗겨 들어가 받아 내고 튕겨 내는 것이 요체. 세 명의 협공이었지만, 제대로 된 합격술(合擊術)이 아닌 이상 완벽한 하나의 공격이 될 수 없었고, 담기령이 그 시간 차를 이용해 모두 받아쳐 버린 것이었다.

그리고 왜구 무사들이 반탄력에 휘말려 주춤하는 찰나의 틈. 그 틈으로 담기령의 창월도가 비집고 들어갔다.

카카칵, 츠칵!

"크악!"

날카로운 마찰음이 어느 순간 섬뜩한 소음으로 변하며, 단말마의 비명이 터진다.

쿠웅!

연이은 담기령의 진각과 함께, 세찬 압력이 사방을 내리누르며 남은 두 왜구 무사의 전신을 훑어 내렸다.

"저쪽이다!"

멀리서 요란한 외침과 함께 왜구들이 새까맣게 몰려왔다.

담기령이 서 있는 곳은 왜구 마을의 한가운데. 마을을 종횡으로 가로지르는 큰길의 교차점이었다. 다시 말해 사방에서 왜구들이 몰려오고 있었다.

"후우!"

담기령은 다시 한 번 호흡을 골랐다. 동시에 흑야를 감싸고 있던 푸른 삭이 한층 짙어진다.

흑야에 '기'가 아닌 '삭'을 덧씌우는 것은, 이미 초절의 경지에 오른 순간 가능했었다. 하지만 지금껏 굳이 그것을 내보인 적이 없는 이유는 효율의 문제였다.

지금껏 왜구 토벌시에 담기령이 상대한 이들은, 왜구들 중에서도 지위가 아주 높은 극강의 고수들이었다. 최소한 절정에서 절대의 경지에 이른 자들을 한꺼번에 여러 명을 상대해야 했다. 그런 경우에 흑야에 '삭'을 덧씌워 그대로 받아치는 것은 공력의 소모가 극심했다. 그렇기에 기를 덧씌우는 수준에서, 받아치기 보다는 팔황불괴공을 이용한 빈틈을 비집고 들어가는 방법을 택했던 것이다.

하지만 엄청난 수의 졸개들을 상대하는 것은 달랐다. 삭을 덧씌운 상태로 모든 공격을 무시한 채 팔황불굉도를 펼칠 수 있기에 대량살상이 가능해지는 것이었다.

어느새 지척에 다다른 왜구들.

쿠웅!

힘찬 진각과 함께 담기령의 창월이 또 한 번 푸른빛을 머금었다.

"흐엇!"

오평안의 입에서 묵직한 기합이 터져 나왔다. 동시에 오평안의 대도, 창월과 똑같은 무게에 똑같은 형태로 만든 담가도를 휘둘렀다.

좌아악!

"끄윽!"

억눌린 비명을 터트린 왜구가 중심을 잃고 비틀거리고, 오평안은 재빨리 칼을 회수했다. 그 순간, 쓰러지려던 왜구가 갑자기 두 손으로 오평안의 칼을 붙들며 달려들었다.

"크아악!"

비명 같은 외침을 터트린 왜구가 그대로 오평안의 어깨를 붙들고 입을 쩍 벌렸다. 누런 이가 그대로 오평안의 목으로 쇄도했다.

보통은 상상할 수 없는 왜구들의 지독함. 왜구들의 침탈에 관군이나 무림문파들이 고생하는 이유 중 하나였다.

죽어 가는 순간까지도 상대를 물고 늘어지는 끈질김.

하지만 오평안은 이미 왜구를 상대로 수도 없이 싸워온 담씨세가의 외당 무인이었다.

콰앙, 우지끈!

오평안의 거센 진각에 바닥의 갑판이 쪼개지며 왜구의 몸뚱이가 순간적으로 들썩 솟구쳤다. 그와 함께 오평안의 담가도가 일말의 망설임도 없이 왜구의 목을 갈랐다.

촤아아악!

붉은 피가 얼굴을 향해 뿜어졌지만, 오평안은 표정 하나 변하지 않았다.

그때 조금 떨어진 곳에서 들려온 외침.

"뒤!"

담씨세가에서 그가 가장 잘 아는 목소리, 장삼의 목소리가 귓전을 두드렸다. 동시에 오평안의 신형이 풍차처럼 회전하며, 그대로 담가도가 세찬 궤적을 그렸다.

츠킥!

뼈를 갈라 내는 감촉이 칼을 쥔 손을 타고 올라온다. 하지만 이 역시도 이미 익숙할 대로 익숙해진 감각. 오평안은 망설임 없이 왜구의 몸뚱이를 발로 차 칼을 뽑았다.

오평안이 장삼에게 슬쩍 시선을 던지며 고개를 끄덕일 때, 뒤에서 누군가의 외침이 들려왔다.

"한 놈도 살려두지 마라!"

담씨세가의 가주, 담고성의 목소리였다.


"물러서라!"

우렁찬 사자후가 터졌다. 한껏 내공을 담아 터트린 소리는 아수라장이 된 마을 곳곳으로 터져 나갔다.

동시에 악귀처럼 달려들던 왜구들의 동작이 거짓말처럼

멎었다. 아니, 일순 동작이 멈추는 듯하더니 귓전을 때린 그 말대로 와르르 뒤로 물러선다.

"흡!"

온몸에 피를 뒤집어쓴 채, 네 명의 왜구를 한번에 쓸어 넘기던 담기령이 황급히 바닥을 찼다. 동시에 온몸을 휩쓰는 거대한 압력이 몰려왔다.

콰아앙!

묵직한 소음과 함께 땅이 울리며, 방금까지 담기령이 서 있던 곳에 왜구 특유의 갑옷을 걸친 거구의 사내가 커다란 장창을 들어 올리고 있었다.

짧은 순간, 담기령과 사내의 시선이 교차했다. 서로를 향한 짙은 살의.

"합!"

"흐아아압!"

두 사람의 기합이 터져 나오고, 약속이라도 한 듯 동시에 땅을 박찼다.

콰아앙!

"크윽!"

억눌린 신음과 함께 담기령의 몸뚱이가 그대로 튕겨 나갔다. 거대한 장창에 실린 무지막지한 힘을 해소하기 위해 반사적으로 몸을 뒤로 날린 것이었다.

파바바박!

담기령은 격렬하게 뒷걸음질을 치며 첫 격돌의 충격을
해소했다.

"후읍!"

다시 창월을 고쳐 쥔 담기령의 얼굴에 짙은 긴장감이
흘렀다. 하지만 애써 미소를 지으며 말했다.

"무서운 놈이군!"

진심이었다. 감각의 끝자락까지 난도질해 대는 진한 긴
장감에 온몸이 저릿할 정도였다.

그때 거구의 왜구 사내의 입에서 유창한 중원의 말이
튀어나왔다.

"나는 쿠로타 나가마사(黑田 長政)! 이곳의 장군이다.
훌륭한 실력을 가졌으니, 고통 없이 죽여 주마!"

그리고 담기령이 피식 웃으며 대답했다.

"지랄!"

"이놈!"

담기령의 도발에 나가마사의 얼굴이 시뻘겋게 달아올랐
다.

자신이 인정해 주었는데, 상대가 자신을 인정해 주지
않는다는 것은 더없이 커다란 모욕.

쿠웅!

무지막지한 발구름과 함께 나가마사의 장창이 크게 횡
으로 휘둘러졌다!

부웅!

묵직한 바람과 함께 장창 전체를 휘감는 새하얀 빛 덩어리.

"강기!"

담기령이 비명처럼 짧은 외침을 토하며 한껏 자세를 낮췄다.

처음 격돌로 느낀 것은 저 장창의 무게가 보통의 창보다 훨씬 더 무겁다는 것. 그리고 그것을 너무나 가볍게 휘두르는 나가마사의 어마어마한 힘.

마지막으로 창 전체를 감싸는 강렬한 빛무리.

"크윽!"

담기령은 이를 악문 채 그대로 바닥을 굴렀다. 하지만 그 순간, 장창의 궤적이 다시 한 번 변했다.

쏴아아아!

폭우가 들이치는 듯한 파공성이 터지더니, 장창의 그림자가 순식간에 십여 개로 나뉘어졌다.

횡으로 휘두르던 장창을 멈추고, 다시 수십 번의 찌르기를 해대는 무식할 정도의 힘. 그야말로 타고난 천력이었다.

담기령의 두 눈이 어지럽게 장창의 궤적을 쫓았다. 동시에 몸을 한껏 웅크린 채, 창월의 칼등에 왼쪽 팔뚝을 교차하듯 대고는 장창의 궤적을 향해 그대로 몸을 던졌다.

까가가강!

땅이 울릴 정도로 어마어마한 굉음이 터졌다. 동시에 나가마사의 두 눈이 화등잔만 하게 커졌다.

"이, 이건!"

비스듬히 세운 창월과 그것을 받치듯 대고 있는 왼쪽 팔뚝, 한껏 숙인 고개와 웅크린 탓에 오히려 앞으로 튀어나오는 양 어깨. 담기령은 그 모든 것을 이용해, 나가마사의 창격을 보두 받아 흘려낸 것이었다.

물론 창월에 맺힌 도삭과 갑옷에 덧씌워진 삭이 있었기에 겨우 가능한 일.

하지만 담기령의 입에서는 다시 신음이 흘러나왔다.

"끄윽!"

정면으로 받은 것이 아닌데도 온몸의 관절이란 관절이 모두 부서질 듯 아팠다.

"또 한 번 받아 봐라!"

자존심이 상한 듯, 나가마사가 분기탱천한 목소리로 일성을 터트리며 똑같은 공격을 펼친다. 물론 담기령 또한 똑같은 자세로 나가마사의 창격을 받아 냈다.

하지만 한 가지가 달랐다.

쿵, 쿵, 쿵!

담기령은 어마어마한 창격을 받아 흘리는 동시에, 그대로 나가마사의 품 안으로 파고들었다. 장병기인 창의 거리를 죽이고, 창월의 거리를 살리기 위한 모험.

담기령의 투구를 향해 뻗은 마지막 창격. 동시에 담기령이 두 눈을 번뜩이며 그대로 땅을 박찼다.

담기령은 순간적으로 왼팔을 움직여 장창의 창대를 겨드랑이에 낀 채 그대로 전진했다. 나가마사의 장창을 묶은 채 그대로 거리를 좁히는 것이었다.

끼이이이익!

겨드랑이에 낀 장창과 흑야 사이에서 날카로운 마찰음이 울렸다.

"끄으으윽!"

담기령의 입에서 신음과 붉은 핏줄기가 흘렀다.

나가마사의 장창은 강기로 덮인 물건. 그것을 겨드랑이에 낀 채 전진한다는 말은, 강기로 옆구리와 팔을 쓸어 대는 것과 똑같은 의미.

흑야를 입고, 삭을 덧씌웠다지만 강기의 파괴력을 모두 해소할 수는 없는 법. 당연히 담기령에게는 어마어마한 고통이 따를 수밖에 없었다.

쩌저저정!

어느새 담기령의 옆구리에서 무언가 깨지는 듯한 소음이 터져 나왔다. 빗겨 흘리는 것도, 타점을 흩어 힘을 해소하는 것도 아닌 정면으로 강기를 받아 내고 있는 상황이었다. 아무리 흑야라 해도 버틸 수 있는 상황이 아니었다.

쩌어엉!

옆구리에서 맑은 소리와 함께 검은색 파편이 비산했다. 동시에 담기령의 창월이 그대로 바람을 끌어안았다.

많은 일이 있었지만, 실제 거기까지 걸린 시간은 찰나에 가까운 짧은 순간.

"크윽!"

나가마사가 반사적으로 왼손을 들어 담기령의 창월을 맞이했다. 동시에 나가마사의 왼손에서 번쩍 피어오르는 빛. 다름 아닌 권강.

그아아앙!

창월이 나가마사의 권강에 막혀 굉음을 올리는 순간, 담기령의 두 발이 그대로 하늘을 향해 솟구쳤다.

쩌어억, 으드득!

"커, 커컥!"

하얗고 작은 무언가가 비산하고 피가 솟구쳤다. 나가마사의 입에서는 비명이 터져 나온다.

담기령의 발에는 흑야의 일부인 쇠로 만든 신발이 신겨 있었고, 그 신발에는 삭이 덧씌워져 있었다. 그것으로 턱을 올려 찼으니, 방금 전처럼 막을 방도가 없었다.

나가마사가 온 힘을 다해 양손을 뿌리치며 뒤로 물러섰다. 하지만 제대로 다리가 움직이지 않는다. 턱을 으깨 버

268

린 강렬한 충격에 머리가 멍해지니 중심을 잡을 수가 없다. 시야 또한 갑자기 흐릿해지며 사물이 둘셋으로 겹쳐 보인다.

그런 나가마사의 귓전으로 담기령의 외침이 터졌다.

"죽어!"

외침과 함께 섬뜩한 무언가가 나가마사의 가슴팍을 쪼갰다.

"장군!"

사방에서 기겁한 외침이 터져 나왔다.

"크으윽!"

하지만 담기령 역시 무사하지 못했다. 옆구리의 갑옷이 깨진 부분에서는 피가 철철 흘렀고, 입으로도 쉴 새 없이 피를 게워 냈다.

털썩!

비틀거리던 담기령이 끝내 중심을 잡지 못하고 그대로 쓰러졌다.

"장군의 복수를!"

왜구들이 분노에 찬 외침을 터트리며 담기령을 향해 우르르 달려들었다. 물론, 담기령으로서는 전혀 알아들을 수 없는 말들.

담기령과 나가마사가 싸운 전황에서 멀찍이 물러서 있던 왜구들이, 거센 파도처럼 담기령을 향해 몰려들었다.

"크윽!"

담기령은 이를 악물고 몸을 일으키려 하지만, 도저히 다리에 힘이 들어가지 않는 상황.

그때였다.

"크악!"

단말마의 비명과 함께 담기령에게 가장 가까이 달려갔던 왜구의 한쪽 팔이 잘리며 바닥을 나뒹군다.

한두 명이 아니다.

"컥!"

"으악!"

담기령의 사방에서 왜구들의 비명이 울려 퍼졌다.

"헉, 허억!"

담기령이 가쁜 숨을 몰아쉬며 고개를 들었다. 그런 그의 눈에 들어온 것은 구지섬과 이석약, 그리고 구씨세가 무인들의 뒷모습이었다.

"괜찮소, 담 관주?"

"아직 살아 있기는 하군요."

담기령이 애써 침착하게 말을 하는 순간에도 왜구들의 비명이 끊임없이 울려 퍼졌다.

"조금만 버티시오!"

구지섬이 외침과 함께 장검을 들어 올렸다.

그사이 구씨세가의 한 무인이 한껏 공력을 담아 외쳤다.

"적장이 죽었다!"

담기령은 알아들을 수 없는 말. 하지만 왜구들을 똑똑히 들을 수 있는 이야기.

그사이 다른 구씨세가 무인이 나가마사의 목을 잘라 장검에 끼운 채 높이 들어 올렸다.

절대의 무위와 어마어마한 신력으로 왜구들을 통솔하던 나가마사였다. 그런 그의 죽음은, 왜구들의 사기를 끝 간 데 없이 떨어트렸다.

"아아악!"

"뒤에서 온다!"

또 한 번 울려 퍼진 비명. 이번의 비명은, 왜구 무리의 뒤편에서 들려온 소리였다. 왜구들의 배로 갔던 처주무련 무인들이, 일을 마치고 도우러 온 것이었다.

그렇게 복귀도 왜구 토벌이 마무리되고 있었다.

9장
처주무련의 변화

"사, 사부님!"

사색이 된 정삼영이 나직한 외침을 터트렸다.

"쉿!"

황급히 제자의 입을 막았지만, 기겁한 표정인 건 청이문 역시 마찬가지였다.

두 사람은 아름드리나무의 높은 곳에 튀어나온 튼튼한 가지에 앉은 채, 산의 골짜기를 내려다보고 있었다. 좀 더 정확하게는, 골짜기로 들어서는 입구에 높이 세워 놓은 목책을 뛰어넘고 있는 열 명의 복면인들을 보고 있는 중이었다.

그리고 그 목책 너머로 투박하게 지은 여러 채의 건물

들이 보이고, 그 건물들 너머로 절벽에 뚫린 커다란 구멍이 보였다.

원래는 목책 앞에 십수 명의 관졸들이 번을 서고 있었지만, 이미 시체가 되어 싸늘하게 식어 가고 있었다.

청이문과 정삼영 두 사람이 나서서 제지할 수 있는 수준도 아니었다. 무엇보다, 복면인들의 정체를 알고 있기에 더욱 나설 수가 없었다.

그들의 정체는, 임사균과 그에게 가담한 사형제들이었다.

그리고 목책 너머 절벽에 뚫린 구멍은, 다름 아닌 담씨세가의 소유인 은광이었다.

"하, 어쩌다……."

청이문이 한스러운 목소리로 중얼거렸다. 임사균의 목적이 무엇인지 너무 뻔한 탓이었다. 처주무련 소속 방파들이 복귀도의 왜구 토벌에 나선 틈을 타, 담씨세가의 은광을 털러 온 것이었다.

명도문이 문파를 떠날 때 가능한 한도 내에서 재산들을 전표로 바꾸기는 했지만, 그 전표는 다름 아닌 청이문이 관리하고 있었다. 당연히 임사균에게는 돈이 없는 상황. 그러니 은광을 털어 새롭게 시작할 기반으로 삼을 셈인 것이다.

"도 사형이 지하에서 대성통곡을 할 일이구나."

청이문이 한스러운 목소리로 말했다.

규모가 대단하지도 않았고, 기세가 드높은 것도 아니었지만 그래도 청전현에서는 추앙받던 곳이 명도문이었다.

그런데 그 명도문의 일대 제자들이 한낱 도둑으로 전락했다. 아니, 관졸들을 죽였으니 왜구와 다를 바 없는 강도들이다. 그런 광경을 목격했으니 그로서는 개탄스러울 수밖에.

"사부님, 어떻게 해야 되는 겁니까?"

"뭘 어떻게 하겠느냐? 우리가 할 수 있는 일이, 지켜보는 것 외에 있겠느냐?"

"그렇지만……."

정삼영 또한 청이문과 같은 심정인 듯, 얼굴이 시뻘게진 채 이를 악물었다. 하지만 결국 끝까지 지켜보기가 힘이 드는지 힘겹게 고개를 돌렸다.

"음?"

은광에서 시선을 돌려, 숲 쪽을 내려다보던 정삼영이 갑자기 두 눈을 가늘게 좁혔다. 그리고 조심스러운 손길로 청이문의 어깨를 두드렸다.

"왜 그러……."

고개를 돌리던 청이문 또한 급히 말을 끊으며 한 곳을 뚫어져라 보았다.

'누구지?'

청이문과 정삼영의 시선이 멈춘 곳에는, 또 다른 복면 무리가 커다란 바위 그늘에 몸을 숨긴 채 골짜기 입구의 목책을 주시하고 있었다. 하나같이 오른쪽 팔뚝에 흰 천을 묶고 있는 모습들.

피아 구분을 위해 흰 천을 팔뚝에 묶고 있다는 말은, 임사균과 일행이 아니라는 뜻이었다.

'일이 어떻게 돌아가는 거지?'

저들 또한 담씨세가의 은광을 털러 온 도둑들일 수도 있고, 다른 목적을 가지고 은광을 주시하고 있는 자들일 수도 있었다.

하지만 이번에도 청이문과 정삼영이 할 수 있는 일은 지켜보는 것밖에 없었다.

'음?'

흰 천을 맨 복면인들을 주시하던 청이문이 저도 모르게 고개를 갸웃거렸다.

'누구지?'

그들 중 우두머리인 듯한 자의 눈빛이 왠지 눈에 익은 탓이었다. 하지만 아무리 기억을 더듬어도 누구인지 짐작이 가지 않는다.

그때 목책 쪽에서 무언가 스치는 듯한 가벼운 소음이 울렸다.

슬쩍 눈길을 돌려보니 아까 목책을 넘어 들어갔던 복면
인들, 임사균 일행이 밖으로 나오고 있었다.

청이문의 시선이 반사적으로 다른 쪽 복면인들에게로
향했다. 하지만 그들의 모습은 이미 보이지 않았다. 임사
균이 나오는 것을 알고 몸을 숨긴 모양이었다.

그사이 임사균 일행이 빠르게 골목을 따라 내달렸다.
그 모습에 정삼영이 재빨리 아래로 내려가려는 찰나, 청
이문이 급히 그의 어깨를 내리눌렀다.

그제야 정삼영이 아차 하는 표정으로 다시 무성한 가지
사이로 몸을 숨긴 채 시선을 움직였다.

아니나 다를까, 또 다른 복면 무리들이 어느새 나타나
임사균이 달려간 방향으로 움직였다.

적당히 거리가 벌어진 후, 청이문이 조심스레 몸을 일
으키며 말했다.

"가자!"


"웬 놈들이냐?"

애써 험악하게 내뱉고 있었지만 임사균의 목소리는 떨
리고 있었다.

그에게는 돈이 없었다. 하지만 이제 자신이 이끌어야
할 문도의 수가 여든 명에 가까웠다. 몸을 숨길 당시의 챙
겼던 전표들이 모두 청이문의 손에 있었으니, 그로서는

어떻게든 밑천을 만들어야 했다.

그때 생각난 것이 담씨세가의 은광이었다. 담씨세가의 경우 장원을 버리고 피할 당시에 전표들은 챙겼지만, 은광의 은을 챙겨 가지는 못했을 터.

그래서 문내에서 자신과 뜻이 통하면서도 무공이 뛰어난 이들만을 뽑아 은광을 털었던 것이다. 어쩔 수 없는 일, 담씨세가로 인해 일이 이 지경이 되었으니 당연한 일이라 스스로를 합리화하며.

예상대로 은광에는 꽤 많은 은이 보관되어 있었다. 담씨세가의 은광은, 연간 삼백 관의 채굴이 가능할 것으로 평가된 상태였다.

그중 담씨세가가 나라에 바칠 세금은 사 할, 즉, 백이십 관. 보통 광산의 세금은, 채굴 전에 미리 선납을 하는 것이 관례였다. 하지만 담씨세가는 일단 생산해서 세금을 먼저 내는 정도로 섭문경과 이야기가 마무리된 상황이었다.

채굴이 이루어진 지는 다섯 달이 되었고, 그사이 채굴하여 정련한 은은 근 삼백 관에 이르렀다. 예상보다 매장량이 훨씬 많았던 것이다.

그중 세금으로 먼저 보낸 은이 백이십 관. 그리고 담씨세가로 넘어간 은이 오십 관 정도로 남은 은이 백삼십 관이었다. 은자로 환산하면 일만삼천 냥.

먼 곳으로 가서 장원 하나 사고 기반을 다지는 정도는 가능한 액수. 그렇게 열 명이 각각 열세 관씩을 짊어지고 은광을 벗어나던 참이었다.

그런데 갑자기 누군가 자신들을 에워쌌으니 목소리가 떨리는 것이 당연한 일.

"한밤중에 수고가 참 많으십니다."

복면인들 중, 한 사내가 비아냥거리듯 말을 걸어왔다.

임사균의 시선이 재빨리 복면인들을 훑었다. 저마다 다른 병장기를 들고 있기는 했지만, 몸에서 피어오르는 기세는 보통 놈들이 아니었다.

어중이떠중이가 모인 야적 떼는 아니라는 뜻.

임사균이 좀 더 상황을 살피려는 찰나, 앞으로 나섰던 복면인이 한마디를 덧붙였다.

"임 관주."

차앙!

임사균을 포함한 열 명의 명도문 문도들이 동시에 일월쌍도를 뽑아 들었다. 복면을 쓰고 있는 임사균의 정체를 안다는 것은, 모두에 대해서 알고 있다는 뜻.

동시에 복면인들의 무기에서 짙은 아지랑이가 피어 올랐다. 그것을 본 임사균이 두 눈을 가늘게 좁혔다.

'열다섯 모두 절정!'

자신들 역시 모두 절정 이상이기는 했다. 하지만 이쪽

은 열 명이었고, 저쪽은 열 다섯. 일단 머릿수에서 열세.

게다가 비아냥거리듯 말했던 사내의 장검에서 피어오른 것은 다름 아닌 검삭이었다. 다시 말해 초절의 무위. 명도문 최고의 고수인 임사균과 동등한 수준이라는 뜻이었다.

'후우······.'

임사균이 가늘게 한숨을 흘리며 슬쩍 한 걸음 뒤로 물러서며 함께 온 사형제들을 향해 눈짓을 보냈다. 들고 있는 은을 버리고 도망치자는 뜻.

눈짓을 받은 이들 모두 임사균의 의도를 알아채고 고개를 끄덕였다. 어쨌든 중요한 것은 목숨이었다. 돈이야 다른 방법으로 구하는 것도 가능했다. 이미 한 번 이런 짓을 했으니 두 번 하는 것도 어렵지 않았다.

"타앗!"

외침과 동시에 임사균이 손에 들고 있던 주머니를 집어던졌다. 한 관짜리 은괴 열세 개가 담겨 있는 주머니.

열 개의 주머니가 복면인들을 향해 거세게 날아갔다. 동시에 임사균이 땅을 박차며 외쳤다.

"지금!"

굳이 말을 할 필요도 없었다. 각자 주머니를 던진 명도문 일대 제자들은 이미 몸을 틀어 달리고 있었다.

"어딜?"

"흡!"

갑자기 앞을 막아서며 하얀 빛이 서린 장검을 휘두른 자는, 바로 복면인 들 중 초절의 경지에 오른 자.

까아앙!

요란한 쇳소리와 함께 임사균의 신형이 뒤로 튕겨 나왔다. 다른 사형제들 역시 마찬 가지.

"은을 가지고 조용히 사라져!"

임사균이 나지막히 으르렁거려 보지만, 복면인은 비웃음을 매단 채 말했다.

"은도 필요하지만, 당신들도 필요하거든."

"뭐?"

말이 끝나기가 무섭게 복면인이 임사균을 향해 쇄도했다. 뒤이어 다른 복면인들 역시 임사균의 사형제들을 에워싼 채 병장기를 휘둘렀다.

"크아악!"

임사균이 불과 열 합을 주고 받기도 전에 뒤쪽에서 비명이 터져 나왔다.

깜짝 놀라 뒤를 돌아보니, 사형제 중 하나가 다리에 피를 철철 흘리며 쓰러져 있었다.

"커헉!"

그리고 다시 다섯 번의 공수를 주고받기도 전에 터진

두 번째 신음. 이번에도 임사균의 사형제들 중 하나였다.

"이, 이놈들이!"

임사균이 버럭 소리를 지르며 거세게 앞으로 짓쳐 들었다. 하지만 마주하고 있는 자 역시 자신과 동수. 그것도 명도문의 일월삼십육섬을 상회할 정도로 사나운 검법이었다.

그러는 동안에도 비명은 이어졌고, 그사이의 틈도 점점 짧아졌다. 그리고 비명을 지른 이들 모두가 임사균의 사형제들이었다.

복면인들이 명도문의 열 명을 각자 한 사람씩 맡게 될 경우, 상대가 없는 복면인이 다섯 명. 그 다섯이 한 사람을 공격할 경우, 명도문의 문도는 원래 상대하던 복면인까지 포함하여 도합 여섯 명을 상대하는 절대적인 열세에 처하게 된다.

제대로 공격 한 번 못해 보고 당하는 것은 당연한 일. 그리고 그 경우 남는 손은 여섯으로 늘어나게 된다.

복면인들이 자신들의 수적 우세를 아주 효율적으로 활용한 것이었다.

"이, 이건!"

짧은 외침과 함께 손을 멈춘 임사균이 어깨를 부르르 떨며 주위를 둘러보았다.

주변의 모든 이들이 팔뚝에 흰 천을 묶은 복면인들이었

던 것이다. 다른 사형제들은 이미 중한 부상을 입고 포박
당한 상태.

쩔그렁!

임사균의 일월쌍도가 바닥으로 추락하며 요란한 비명을
터트렸다.

"뭐, 뭣하는 놈이냐?"

임사균의 물음에, 지금까지 그를 상대했던 복면인이 거
리낌 없이 복면을 벗었다.

"헉! 의, 의천단!"

복면인의 정체는 다름 아닌 의천단의 하세견이었던 것
이다.

"네, 네놈들! 협의를 표방한다면서 이런 짓을 하다니!"

임사균이 버럭 소리를 질러 보지만, 하세견은 아무렇지
도 않다는 듯 담담하게 말했다.

"우리는 우연히 만난 도둑들의 물건을 뺏은 것 뿐인데
뭘 그러시오? 저 돈은 세상의 좋은 곳에 쓰일 것이오."

"그, 그 무슨!"

임사균이 뭐라고 소리를 지르려 했지만, 하세견의 시선
은 이미 다른 곳으로 향해 있었다.

"이만 나오시지요. 청 대협."

"뭐?"

임사균이 저도 모르게 되물었다. 청씨라는 흔치 않은

성을 들은 순간 떠오르는 사람은 한 사람밖에 없기 때문
이다.

뒤이어 하세견의 시선이 향한 곳의 바위 뒤에서 두 개
의 인영이 조심스레 모습을 드러냈다.

"청 사형!"

역시나 청이문이었다.

청이문이 안타까운 시선으로 임사균을 일견한 후, 믿기
힘든 표정으로 하세견을 보았다.

"의, 의천단이 어찌 이런 일을 한단 말이오?"

"뭘 말입니까? 아, 담씨세가에 든 도둑들을 잡은 것을
말씀하시는 건가요?"

"그, 그건……."

청이문은 가까이 다가가지도 못한 채 뭐라 말을 해야
되나 고민에 잠겼다. 그사이 하세견이 말을 이었다.

"아니면……. 명도문 일대 제자들이 담씨세가의 은광에
서 은을 강탈한 것을 막은 일에 대해서 말씀하시는 겁니
까?"

순간 청이문의 얼굴이 새하얗게 변했다. 그리고 하세견
이 숨어 있는 자신과 정삼영의 존재를 알면서도 지금까지
가만히 있었던 이유를 눈치챌 수 있었다.

아무리 내부의 반역이 있다고는 해도, 임사균은 결국
명도문의 사람이었다. 그런데 명도문 사람이 같은 처주무

련인 담씨세가의 은광에서 은을 강탈하다니. 처주무련 내에서 입지가 거의 없는 거나 마찬가지인 명도문으로서는, 절대 알려져서는 안 되는 일이었다.

즉, 하세견은 자신을 협박하기 위해 지금껏 기다리고 있었다는 뜻이었다.

바로 이어진 하세견의 말이 청이문의 예상이 맞았다는 것을 증명해 주었다.

"지금 이곳에서의 일은 우리만 알고 있습니다. 하지만 우리 외의 다른 누군가가 알게 된다면 곤란하시겠지요?"

"원하는 게 뭐요?"

"이해가 빠르시군요. 좋습니다. 그럼 단도직입적으로 말씀을 드리지요. 절반입니다."

"저, 절반이라니?"

"명도문 역시 지난번 사건 때 전표로 바꿀 수 있는 재산들을 모두 챙겼을 겁니다. 그 절반을 달라는 말입니다."

"그, 그런!"

"아니면……. 명도문이 이대로 몰락하는 일을 선택하시겠습니까?"

까드드득!

청이문이 이를 갈며 하세견을 노려보았다. 지난번, 의천단에서 담기령과 하세견이 논쟁을 할 때도 생각보다 저열한 자라는 생각을 했었는데, 오늘 그 본성을 확실히 두 눈으로 목격한 것이었다.

"배, 백 단주가 이 일을 알고 있소?"

"물론 모르지요. 그리고 앞으로도 모르셔야 합니다. 그
분은 이대로 앞으로 나아가, 무림 최고의 대협이 되셔야
하는 분이니까요."

"백 단주에게 알리겠소!"

"어허, 아직도 사태 파악이 안 되십니까? 백 단주가 이
일을 알게 된다면, 처주무련에서도 임사균 저자가 한 짓
을 알게 될 거라는 생각은 안 해 보셨습니까? 무리하지
마십시오. 원래, 좀 지저분한 일들은 우리 같은 사람들이
아무도 모르게 해결해야 되는 법이라는 건, 청 대협께서
도 아실 텐데요?"

한껏 비아냥거리며 말하는 하세견의 모습에 청이문은
턱들 덜덜 떨었다.

"이, 이런 짓을 하고도 협을 논한다 할 수 있는가!"

청이문이 애써 소리를 내 말했다. 물론, 그런 말을 한
다 해서 다른 상황이 발생하지는 않는다. 청이문 또한 잘
알고 있지만, 뭐라고 한마디 하지 않으면 참을 수가 없었
던 것뿐이었다.

예상대로 하세견은 아무렇지도 않은 듯 입을 열었다.

"밝은 부분이 있으면, 어두운 부분도 있는 법이지요."

"크윽!"

"뭐, 무조건 절반을 내놓으라는 것은 제가 생각해도 무리가 있는 듯하니 한 가지 조건을 걸겠습니다."

"조건? 듣기 싫다!"

"후회하지 않으실 겁니다. 명도문의 남은 반도들 또한 저희가 생포해 드리지요."

"뭐, 뭐!"

깜짝 놀라는 표정을 지으면서도 청이문의 눈동자가 심하게 흔들렸다.

아직 남아 있는 문도의 수는 대략 일흔 명가량이었다. 그중 일대 제자나 이대 제자들을 제압하고 아직 어린 삼대 제자들을 수습하는 것은 이석약과 청이문, 정삼영 세 사람의 힘만으로는 어려웠다.

즉, 다시 처주무련에 도움을 청해야 하는 일이었다. 이 역시 명도문의 입지를 초라하게 만드는 일.

하지만 지금 눈앞에 있는 하세견이 그 일을 해준다면 어느 정도 문파로서의 자존심을 지킬 수 있었다. 그리고 앞으로 처주무련에서 입지를 넓히는 데도 큰 도움이 될 일이었다.

그렇다고 바로 고개를 끄덕이기도 힘들다. 분명 도움은 되겠지만, 결국 저런 더러운 자와 손을 잡는다는 의미이기 때문이었다.

청이문이 심각한 갈등에 괴로워하는 사이, 하세견과 의

천단 무인들은 포박한 명도문 일대 제자들의 혈도를 점혈하고 상처를 치료했다. 어쨌든 산 채로 데리고 있어야 제값을 할 수 있기 때문이다.

그렇게 일련의 일들을 마무리한 하세견이 다시 물었다.

"어쩌시겠습니까? 궤멸 직전인 명도문의 이름을 다시 세우는 것보다는, 돈을 다시 모으는 것이 더 수월할 텐데요?"

"이, 인명은……."

"뭐라고요? 제대로 말씀해 주시지요."

"인명은 상하지 않게 해주시오. 아니, 부상이 없도록 해줘야 하오."

청이문의 말에 정삼영이 대경실색하며 외쳤다.

"사부님!"

하지만 청이문은 더 이상 말하지 말라는 듯 힘없이 고개를 저었다. 어쩔 수 없었다. 지금의 명도문은 이렇게라도 살아남아야 했다.

하세견이 빙긋 웃으며 말했다.

"하하, 어차피 가장 무공이 높은 고수들이 여기 있지 않습니까? 나머지는 그리 어렵지 않을 겁니다. 걱정 마십시오. 그럼, 명도문 문도들이 몸을 숨기고 있는 곳으로 안내해 주시겠습니까?"

청이문이 아무 말없이 앞장서 걸었다.

◆◆◆

"괜찮습니까?"

걱정스러운 표정으로 묻는 이는, 처주부 지부 섭문경이었다. 복귀도의 왜구 토벌이 마무리된 후, 처주무련의 모든 무인들이 우선 향한 곳은 청전현의 절왜관이었다.

그리고 오왕부에서 연락을 받은 섭문경이 먼저 절왜관으로 와서 기다리고 있었던 것이다.

절왜관과 처주무련 각 방파를 봉쇄한 진짜 이유는 섭문경과 각 지현들만이 알고 있는 사안이었다. 그러니 원래의 주인에게 돌려주기 위해서는 따로 관졸들을 물려야 할 필요가 있었다.

물론, 따로 명령을 전해도 되지만 담기령과의 친분도 있고 부상 소식도 들었기에 직접 움직인 것이었다.

"괜찮습니다. 당분간 자리보전이나 해야 합니다만……이참에 잠시 쉬는 것도 좋지요."

담기령의 말에 섭문경이 슬쩍 담고성에게 시선을 돌려 물었다.

"그래도 저리 말을 하는 걸 보니 아주 심각하지는 않은 모양이군요."

"오왕부의 세사 저하께서, 왕부의 어의를 보내 주어 치료를 잘 받은 덕분이지요."

"다행입니다."

고개를 끄덕인 섭문경이, 조심스러운 목소리로 다시 말을 이었다.

"죄송하지만, 담 관주와 둘이서 이야기를 좀 할 수 있겠습니까?"

"아, 물론입니다. 그럼 말씀 나누십시오."

담고성이 바로 고개를 끄덕이며 물러나고, 방에는 담기령과 섭문경 두 사람만 남게 되었다.

"하실 말씀이라도 있습니까?"

둘만 남게 되자, 섭문경이 말투를 편하게 바꿔 말했다.

"음, 일단 알려 줄 것이 있네."

"예, 말씀하십시오."

"세자 저하께서, 조만간 용산방에 접촉을 시도할 예정일세. 물론, 오왕부가 아닌 나를 통해서겠지만."

"접촉이라면?"

"일단 선평현 지현을 이용하신다 하더군."

"지현을요?"

담기령이 이해 못하겠다는 얼굴로 고개를 갸웃거렸다. 선평현의 지현이라면, 선평현을 근거지로 하는 용산방과 원래부터 긴밀한 관계였다. 그런데 새삼 무슨 접촉을 한단 말인가.

섭문경이 좌우를 살핀 후, 한층 목소리를 낮춰 말했다.

"선평현 지현도 어쩌면 용산방과 한통속인 것 같다는 정보를 입수하셨다더군."

"그런데 무슨 접촉을 한다는 말입니까?"

"일단 선평현 지현에게 용산방이 수상하다는 말을 건네면서, 간자를 하나 들여보내 달라고 말할 계획일세."

"아!"

담기령은 그제야 섭문경이 말하고자 하는 바를 이해했다.

"즉, 선평현 지현을 통해서 감시를 하고 있다는 사실을 알려 주고 그 이야기가 용산방의 귀에 들어가도록 하겠다는 말씀이군요. 하지만 지부이신 섭 대인의 부탁을 거절할 수는 없을 테니, 섭 대인께서 보낸 사람을 용산방에 넣어 주기는 할 것이고……."

"그 사람을 통해서 놈들이 숨기고자 하는 것이 어느 방향인지 반추하겠다는 거지."

담기령이 애매한 표정으로 고개를 갸웃거렸다.

"나쁘지는 않습니다만, 너무 위험하지 않겠습니까? 자칫하면 간자로 들어간 사람은 물론, 섭 대인까지 위험해질 수 있습니다."

단순히 용산방만의 문제라면 이럴 필요가 없었다. 하지만 용산방은 중원 전체에 영향을 끼칠 수 있는 거대한 집단의 극히 일부분일 뿐이었다.

한 성을 관장하는 승선포정사나 제형안찰사도 아니고, 겨우 한 개 부를 관장하는 지부였다. 그 정도 거대한 집단에게는 언제든 마음만 먹으면 목을 날릴 수 있다는 뜻.

그런 일에 끼어드는 것은 아주 위험한 일이었다.

"물론 위험하기는 하네. 하지만 한편으로는 놈들의 핵심으로 바로 파고들 수도 있는 방법일세. 지금까지의 조사만으로는 도저히 비집고 들어갈 틈이 보이지 않으니 말이야."

"으음…… 그래서 들여보낼 만한 적당한 사람이 있습니까?"

"세자 저하께서, 남궁세가에 사람을 하나 청할 생각이라 하시더군."

"네?"

담기령이 저도 모르게 버럭 소리를 질렀다. 남궁세가라니, 이건 또 무슨 말인가. 그들은 구씨세가 무인들의 죽음과 깊은 연관이 있는 이들이 아닌가.

"쉿, 조용히 하게."

담기령은 재빨리 머릿속으로 상황을 살폈다. 하필이면 남궁세가 사람을 간자로 보낸다니. 분명 뭔가 이상한 계획이었다. 하지만 담기령은 이내 그 이유를 찾아냈다.

"남궁세가까지 역으로 살피겠다는 말이군요."

"그렇다네. 아무리 오왕부라지만, 남궁세가를 비집고 들어가기가 쉽지가 않았거든."

남궁세가는 처주무련이나 과거 구주부의 패자였던 철문방 정도의 규모가 아니었다. 중원의 하늘 아래 사는 사람이라면, 누구나 한 번쯤은 들어 봤을 법한 이름.

오왕부의 힘이 대단하기는 하지만, 무림 사대세가의 하나인 동시에 무림맹의 주축 중 하나인 남궁세가를 파헤치는 것은 매우 어려웠던 것이다.

그렇다면 차라리 아무것도 모르는 척하며, 엉뚱한 방향으로 선을 대고 그것을 이용해 빈틈을 만드는 것이 좋았다.

남궁세가의 위세가 대단하다고는 해도, 어쨌든 왕부의 부탁을 거절할 수는 없는 법이 아닌가.

적으로 적을 살피고, 적으로 하여금 스스로를 돌아보게 만들어 그 속에서 빈틈을 찾는 계획인 것이다.

하지만 역시나 해결되지 않는 부분이 있었다.

"섭 지부께서 너무 위험한 상황에 발을 들이시게 됩니다."

섭문경 역시 고개를 끄덕였다.

"알고 있네."

"그 정도로 큰 도박을 하실 분은 아니라고 생각했습니다만. 게다가 스스로 파벌에 뛰어드시는 것 또한 섭 대인다운 선택이 아닌 것 같습니다."

섭문경은 매사에 신중한 사람이었다. 작은 일 하나라도 파고들 수 있는 데까지 파고들어 살핀 후에야 일을 진행하는 성격이었다. 그러니 빠르지만 위험한 길보다는, 차근차근 밟아 올라가는 것이 그의 성격에 맞는 방법이었다.

정치를 하는 이들은 다양한 부류가 있다. 그중에서 아주 높은 곳을 바라보고 스스로의 능력을 믿는 이들은 절대 파벌에 몸을 담지 않는다. 파벌에 속한다는 말은, 결국 같은 파벌 내에서 자신의 순서를 기다려야 한다는 뜻이기 때문이다.

아무리 능력이 출중해도, 정점에 서 있는 이를 밟고 올라가는 것은 아주 힘들기도 할 뿐더러 많은 위험이 따랐다.

섭문경이 그런 사람이었다. 그런데 갑자기 방향을 선회해, 오왕부 측의 사람이 되려는 것이다.

담기령의 말에 섭문경이 잠시 심호흡을 한 후 말했다.

"파벌에 들어갈 생각은 없네."

"하지만 오왕부는……."

중원 곳곳에 분포되어 있는 왕부의 주인들은 모두가 황

족이었다. 그들은 직접 정치에 참여할 수는 없지만, 오랜 세월 자리를 잡고 있으면서 만들어 놓은 인맥이 있었다. 그리고 그 인맥들은 정치는 물론, 상계와 무림까지 거미줄처럼 얽히고 펴져 있었다.

즉, 왕부와 가까운 사람이 된다는 것은 그 왕부의 인맥에 들어간다는 의미였다.

섭문경이 천천히 고개를 저었다.

"그냥 오왕부가 나에게 빚을 지는 정도일세. 나중을 위해 그런 것 정도는 만들어 두는 것이 좋지."

"하지만 외부에서는 그리 보지 않을 텐데요?"

"어차피 외부의 시선이라는 것은 계속 바뀌기 나름일세. 그리고 이번 일로 내가 그리 위험해지지도 않을 거야."

"그건 또 무슨 말씀입니까?"

"조만간 항주로 와서 날 보아야 할 걸세."

"예?"

담기령이 언뜻 이해를 못해 고개를 갸웃거렸다. 그러다 갑자기 머릿속을 스치는 생각이 있었다.

"서, 설마 영전(榮轉)하시는 겁니까?"

섭문경이 피식 웃으며 고개를 끄덕였다.

"절강승선포정사사의 형조 우참정으로 가게 되었네."

깜짝 놀란 담기령이 환한 표정으로 말했다.

"감축드립니다."

각 성의 행정을 담당하는 승선포정사사에는, 중앙의 육부와 마찬가지로 이(吏)·호(戶)·예(禮)·병(兵)·형(刑)·공(工)의 육조가 있었다. 그리고 그 육조의 수장으로 좌·우참정을 둔다.

그중 형조는 법률이나 송사 등을 관장하는 곳으로, 섭문경은 그곳의 수장으로 간다는 의미였다. 그리고 품계와는 별개로 한 성의 참정이라는 자리는 아무나 함부로 건드릴 수 없는 법.

"고맙네. 그리고 내 후임으로, 용천현의 허 지현을 추천해 두었네."

"네? 큭!"

깜짝 놀라 되묻던 담기령이 갑자기 픽 웃음을 터트렸다. 소심하기 짝이 없는 허중선이라면, 지현에서 지부로 올라가는 영전에 오히려 몸을 떨고 걱정으로 잠을 못 이룰 것이 분명하기 때문이었다.

"충분히 훌륭한 관원이니 추천한 것뿐이네."

"하하, 알겠습니다."

"후우, 전할 말은 다 전했으니 나중에 항주에서 보세."

"알겠습니다. 병중이라 멀리 가지는 못하겠습니다."

"그냥 누워 있게나."

섭문경이 편하게 대답을 한 후, 조용히 방을 나섰다.

❖❖❖

처주무련의 각 방파들은 열흘 간 절왜관에 머물면서 복 귀도 왜구 토벌의 피로를 푼 후, 원래 절왜관에 상주하던 이들을 제외하고 자신들의 총타로 돌아갔다.

절왜관에 머무는 동안 단순히 쉬기만 한 것은 아니었 다. 앞으로 진행할 표국과 절왜관에서 걷을 세금, 그리고 처주부 다른 방파들을 상대할 계획을 짜고 그것을 검토하 며 시간을 보냈다.

그렇게 진가장과 상운방 사람들, 그리고 담기명과 두 책사가 떠난 후, 절왜관에는 담씨세가 사람들과 이석약만 남게 되었다.

하지만 이석약은 도제경의 죽음 이후 성격이 변한 듯, 왼팔의 치료를 받는 것을 제외하고는 자신의 방에서 두문 불출했다.

담고성 또한 담씨세가 무인들을 이끌고 용천현으로 떠 날 준비를 마쳤다. 그리고 떠나기 전날, 담고성이 담기령 의 방을 찾아왔다.

"령아."

담기령은 중한 부상으로 인해 아직 침상에서 일어설 수 없는 상황. 담고성이 침상 옆 의자에 앉으며 무거운 얼굴로 아들을 불렀다.

평소와 다른 담고성의 모습에 담기령 또한 억지로 상체를 일으켰다.

"예, 아버지."

"이 아비가 너에게 할 말이 있다."

"말씀하십시오."

"이제 그만 네가 가주 자리를 이어받았으면 하는구나. 당연히 련주의 자리에서도 물러날 생각이다."

"네?"

담기령이 흠칫 놀란 표정으로 담고성을 보았다. 아직은 자신보다는 담고성이 가주는 물론 처주무련의 련주로서 중심을 잡아 주는 편이 좋았다. 그런데 갑자기 물러나겠다고 하니 담기령으로서는 당황스러울 수밖에.

"아직은 아버지께서 맡아 주시는……."

담기령이 아버지의 마음을 돌리기 위해 말을 꺼냈지만, 담고성이 그 말을 끊었다.

"도 장문인이 그렇게 된 후 꽤 깊이 고민을 했다."

담기령이 곤혹스러운 표정으로 고개를 저었다.

"도 장문인의 죽음에 아버지께서 책임을 느끼실 필요는 없습니다."

담고성 또한 고개를 내저었다.

"그게 어디 말처럼 쉬운 일이겠느냐? 하지만 그보다는

훗날을 위해 물러서려는 것이다."

"훗날이라니요?"

"처주무련이 유지되고, 지금보다 더 큰 세력이 되어 간다면 계속해서 여러 가지 '선택'을 하게 될 것이다. 하지만 이번 일을 겪은 내가 그 선택을 하는데 냉정하게 선택을 할 수 있을 것 같지가 않구나."

"그건……."

"수장이 망설이면 따르는 이들 또한 망설이고 불안하게 만드는 법이다. 그러니 이쯤에서 물러나고자 하는 게야."

담고성은 이미 결심을 굳힌 듯, 조금도 물러설 기미가 보이지 않았다.

"으음……."

담기령이 신음을 흘리며 천천히 고개를 끄덕였다. 아버지의 표정을 보아하니 이미 자신이 말릴 수 있는 단계는 지나 있었다.

혹여 억지로 말린다고 해도, 담고성이 말한 대로 앞으로 계속 마주하게 될 선택의 기로에서 문제가 생길 수도 있었다.

"후우!"

담기령이 짧은 한숨과 함께 고개를 끄덕였다. 그리고 천천히 힘주어 말했다.

"몸이 나으면, 가주 자리를 이으러 가겠습니다."

그제야 담고성이 한시름 놓은 표정으로 담기령의 어깨를 가볍게 두드렸다.

"이제부터 담씨세가의 앞날은 온전히 네 몫이다."

〈『무림영주』 제5권에서 계속〉

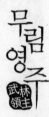

1판 1쇄 찍음 2013년 5월 24일
1판 1쇄 펴냄 2013년 5월 29일

지은이 | 윤지겸
펴낸이 | 정 필
펴낸곳 | 도서출판 **뿔미디어**

편집장 | 이재권
기획 · 편집 | 심재영
편집디자인 | 이진선
관리, 영업 | 김기환, 임순옥

출판등록 | 2002년 9월 11일 (제1081-1-132호)
주소 | 부천시 원미구 상3동 533-3 아트프라자 503호 (우)420-861
전화 | 032)651-6513 / 팩스 032)651-6094
E-mail | bbulmedia@hanmail.net

**값 8,000원**

ISBN 978-89-6775-325-2 04810
ISBN 978-89-6775-211-8 04810 (세트)

조필완 신무협 장편 소설

# 황하난장

### 3권 출간!

이십오 년 만에 간신히 돌아온 고향 마을.

그곳은 더 이상 사람 사는 곳이 아니었다.

"네놈 누구냐?"

"나는 여기에 서기 위해 두 달의 시간과 육천 냥이 넘는 은자를 퍼부었다."

"무슨 개소리냐?"

"그러니 날로 먹으려 들지 말고 알고 싶으면 재주껏 알아내."

"해원장 장주, 고현. 스물다섯입니다."

"숙부, 집 나가신 게 이십오 년 전이잖아요?"

"이 숙부도 장가는 가야지."

이십오 년 만에 고향으로 돌아온 자칭 '상인' 고현.

좌충우돌, 그가 열어젖히는 난장판이 시작된다!